七

SEVEN O'CLOCK

点

桃叶姬 著

时代出版传媒股份有限公司
安徽文艺出版社

图书在版编目（ＣＩＰ）数据

七点/桃叶姬著. —合肥：安徽文艺出版社，2018.6（2022.7 重印）
ISBN 978-7-5396-5317-4

Ⅰ．①七… Ⅱ．①桃… Ⅲ．①诗集－中国－当代
Ⅳ．①I227

中国版本图书馆 CIP 数据核字(2018)第 051351 号

七点   桃叶姬　著
QI DIAN

出 版 人：姚　巍   责任编辑：何　健　　姚　衍
装帧设计：褚　琦   插　　图：靳　昕
....
出版发行　安徽文艺出版社　　www.awpub.com
地　　址：合肥市翡翠路 1118 号　　邮政编码：230071
营 销 部：(0551)63533889
印　　制：山东百润本色印刷有限公司　　(0635)3962683
....
开本：787×1092　1/32　印张：5.875　字数：95 千字
版次：2018 年 6 月第 1 版
印次：2022 年 7 月第 2 次印刷
定价：39.80 元
....

序

我是诗人,仅此而已

　　我知道这不是一条合适的路,可是我仍然想走下去,去实现我多年的梦想。

　　我喜欢美的东西,就像进入美的内里。可不是谁都能浸入其中,那种全身心的幻想和美相交融的感觉,心灵一下子就被装得满满。

　　也许理想本来就是用来证明失败和平庸的,那些渺小又可怜的理想置我们于何种尴尬的境地。忍受过后伤透了心而远远离开,这就是我长久以来的习惯。比起自己受伤,伤害别人会更让我失去希望。

　　揭开伤疤给人看,无疑是一种自我奉献后的自我毁灭,可是我就是要倔强地去做我想做的事,一如既往。

　　能够写诗,能够有健全的器官感受美好,够了。

　　这本书将会展现我近些年的诗歌作品,每一首都是我的珍宝,都是我的极致。

　　我深深感受到了自己身心上的疲惫和伤痛,也许我根本不是一个正常人,我矛盾疯狂、过于敏感、反复无常。我从不懂自己的心,只能像个旁观者一样分析自己。

当清楚地意识到逃离只是痴心妄想,我就会躲藏在自己的内心世界里宣泄。

寻找的人是寂寞的,不用寻找的人才是孤独的。我的心已经被孤独冰封了,艺术文字加上纯净的灵魂就是我的全部。

万物都没那么简单,你知道的不一定是真相,只有秉持纯粹真挚的心,才能感受到真实。人本来就是要做自己的,不然永远不能尽兴。

从十四岁起我就受够了那些话,"少年不识愁滋味""为赋新词强说愁""小小年纪怎么写出如此阴暗的东西"。

因为我是诗人,仅此而已。己是爱诗如命,如何作假?

写诗起始于孤独与痛苦的宣泄,从此落下了不悲伤就无法写诗的毛病。命运啊,就是如此戏弄人。

写作牵扯着我全部的情感和生活,不得不承认它是我生命的意义甚至是使命。无论在哪里,无论发生什么,我都不曾改变。

七点的故事就是我的故事,我的世界的样子就由你们自己想象,也希望我的诗歌能给这个世界一些警醒。

我爱它们,胜过一切的一切。

目录

第一辑

死亡与爱

死亡与爱（组诗）

序 爱而重生

天鹅从地狱的缝隙里窥探，
颤抖着双手抚摸她的爱人，
那温柔胜过月光，热情超过烈阳下情妇的裸体。
在幽暗里达到了爱的巅峰。

恶魔穿过午夜神秘的幽林，
在坟墓上窥探，啊，窥探，
他湿热的唇吟唱，在他的身下谱写的一曲葬歌。
秘密之地不是你我的秘密。

啊，窥探，是死亡的凝视！
解开衣裳，冰冷的禁地里，

绝望的心相互慰藉。那一刻,喷涌出新的灵魂,
一片死灰生出了重生之花!

重生啊,在极度的渴求中!
心啊,轻飘飘地全然无惧!
死亡啊,怎能同他火热的唇相提并论! 多渺小!
她愿同她的爱人就此长眠!

一　这突然苏醒的爱啊!

我几乎快忘记了如今的处境,他炽热的眼神让我全身
战栗。

哦,难道你看不出来吗? 我激动得已经用光了所有的
理智。

这突然苏醒的爱,我曾直言此生不再。

啊,可是这儿,可是那儿,都是他蓬勃的身影。

怎么逃脱得开? 我控制不住自己身体瑟瑟发抖。

我的心脏因跳动长久,而剧烈地生疼。

如果他知道,他可能会摇摇头,或朝我投来刻意疏远的
眼光。

他被所有女人爱,而我,已经躺入了红尘中一个小小的
棺材。

哈！可任我如何告诫自己都停不下思念。

他不会知道，如果我不为他打开我内心的门户。

他不曾像我这样受尽屈辱，担惊受怕地生活过。

哦，这突然苏醒令我内心备受煎熬的爱啊！

二　为什么要爱我？

此时，我的心因慌乱而摇晃不停。

迷雾与毒蛇使我惊恐到落泪，

而我却依然迷醉在他温柔的安慰里。

啊！我是什么时候到了恋爱的年纪？

真是可怕！啊！这太可怕！

我全身都被磨砺出了老茧，包括我残破的心啊！

谁能救救我？让他离我远远的。

这样就不会再看到我丑陋不堪的伤疤，

而厌弃我，而厌弃我。

啊！快让他离开这里吧，离我远远的！

让我的眼泪淹没在腐烂的生计里，

只要不要让他再多看一眼我屈辱的过去。

他是光明之神的儿子，而我是黑暗里的蠕虫。

为什么要爱我？为什么？

三　以身试爱

可恨之人的相互慰藉，可惜太过心知肚明。
许诺轻贱得如同蛆虫，只会让人作呕不已。
如果不曾以身试爱，如何看透那残忍之心？
月光般的胴体里，开出的是一朵罪恶之花。
它生长在被囚禁、夜夜扭曲的渴求幻想中。
摆出冰清玉洁的美丽姿态，是不是太可笑？
守着这一片狼藉，你离开在黎明破晓之前。
亲爱的不要着急，我诅咒你永生不得所爱。
指尖点燃我空洞的心房，赤裸着纵身火海。
爱情挥发得比精子还快，谁又能最终依赖？

四　死亡，我永恒的爱人！

火红的双眼流淌浓稠的毒汁，
残缺的尸体在狂风中胡乱飞舞。
谎言麻醉的心，被恶狼一次一次撕咬得粉碎，
直到连那凝结的血块都冰凉了，
她空洞的魂魄才颤颤巍巍地哽咽抖动起来。

透明的泪水,映出她丑陋狰狞如恶魔般的面容,

又在团团怒火中拉响了最后的警报。

她随意抽出了曾经插在她心口的一把又一把利刀,

狠狠刺向了懦弱无能的理智,

喷射的血液包裹了她的全身,

遮挡了她不再纯净美丽的脸。

她终于可以脱下这一层层沉重的伪装,

沉溺在血中歇斯底里地大哭,肆意像蠕虫一样扭动着。

前所未有的轻松与安全感让她激动兴奋到了生命的

巅峰。

极度的痛苦中她达到了最后的高潮,

那一刻,她幡然醒悟。

死亡,才是她一生最真挚的亲人、知己与伴侣。

她甜蜜地躺在血床之上享受他的爱抚亲吻,

心甘情愿将她仅剩的干净的贞洁之身献给了他,

安稳满足地渐渐显露出疲态,

如死亡一般永恒之爱,再也不会受到伤害。

五　看清了命运

怀着"一定会的"信念,我不顾一切地向光明投去,

他灿烂地笑着张开了手臂,却在瞧见我全身丑陋狰狞伤口后害怕地缩了回去。

我喜极而泣的笑容瞬间凝固了,怀着巨大的悲痛无奈堕入了这无尽的黑暗里。

被迫畸形又被迫隐忍,明明是受害者却得不到同情,只能落得被抛弃的下场。

哈,纯粹的心就这样被随意丢弃在了黑色的毒液里,从此也只能活在地狱中。

要被伤害多少次才明白不该奢望光明与爱?逃避不了的命运就仔细躲藏起来。

只要活下去就要继续孤独地走这条路,永远都不会被爱与呵护,看清命运吧!

六　再不见了啊!

我的爱人,正被地狱的烈火灼烧着最后一缕残魂。

皮肤没有发出吱吱的焦灼声,依然如往常那样静谧。

我因惊异而持久矗立,这交织着极度的爱和死亡的

美妙。

可这炙热的雪白，再不见了！

那冰凉的，曾被我视为珍宝而久久摩挲的双臂、胸膛、脸庞……再不见了啊！

直到他通透的双眸也成了灰尘，我才清醒过来。

啊！没有回应了！啊！他通透的双眸，再不见！

我不顾一切地妄图捞出被藏匿画中的，我的爱人。

呵！这魅惑人心的恶魔，却趁此将孤独永久地植入了，我的皮肤。

七　我朝人群轻声略带卑微地询问

我朝人群轻声略带卑微地询问着，
是否瞧见了一位诗人，我的丈夫？
许久了，却依然得不到任何回应。
我日夜苦寻，在无人知晓的地方。

直到深夜，我独自在石头上休憩，
奇怪啊，今夜梦里竟是如此安心。
藏匿在石头下的莫非是梦的精灵？
人迹罕至之地溪水潺潺不断回响。

直到黑夜迅速凋零在石头缝隙里，
我才看清，这分明是刻字的墓碑。
是谁，这般恶毒地诅咒我的丈夫，
他怎会在冰凉的巢穴里独自成眠！

我重新倚靠在这雄壮的城堡之上，
一天又一天，轻声吟唱他的诗歌。
直到我归于平静，世界归于喧闹，
残音缭绕牵动一丝溪流亲吻梦乡。

八　石头与火的恋爱

他将自己紧紧包裹成了一个石头。
再没有人能够伤害他，日复一日。
将自己封闭，习惯了清冷的黑夜。

直到温暖降临，猝不及防地一震。
火焰摇曳，她的美让他放下防备。
她是如此无情，所经之处皆灰烬。

又如此孤独，太多的爱无法消耗。
他们相遇在，长久的哀伤疲惫后。

那一瞬间,仿佛一切都意义非凡。

他们为隐藏在阴影里的黑暗舞蹈,
他们尽情宣泄这压抑已久的欲望,
直到这火热、极端而扭曲的爱情,
已经用光他们,所有的气力之后。

他再也无力也无心蜷缩在黑夜中,
将自己易碎的心,献给他的爱人。
在她最炽热的心上,瞬间成灰。
最后一丝火苗,也归于一片死寂。

尾 再见?

死神从窗帘缝中渗进我的房间,
深夜,我仍因身心煎熬而无法安寝。
他在我耳边轻语,将于清晨带走我。
如同目送一位友人离开,
我翻了个身,继续读着一本诗集。
与往常一样,踏着拖鞋泡了一杯咖啡,
加了半勺子焦糖,等待它慢慢变凉。
空荡荡的房子里回响着勺子的敲击声,

回响着，在我已空洞无感的躯壳里。

合上书，关上灯，光也渐渐消失。

还有不知道该对谁说的一声，再见。

2017 年 1 月 17 日

七点

我 爱 你

把我浸泡在你的眼里
炙热的泪水化作我的衣裙
浓密的眼睫化作我的羽翼
你的心，是我追逐一生的太阳

把想对你说的话吐成一个个泡泡
看它们被你反射成何种色彩
以揣测你对我多变的态度

我一直仰望你　我的太阳神
即便双眼日渐灼伤也含着笑
你却依然是那样遥远

黑暗吞噬了我　凉透了我的心
我终于溺死在你的眼里

我爱你

可惜我是我　爱就是爱

你却不能成为你

2017 年 9 月 18 日

你会爱我吗

不如就这样保持遥远的距离
就不会有情人之间的厌倦分离
不如就这样每晚地梦见
永远都是那种朦胧的模样相见

在不在一起有什么差别
只要此时此刻你还在我的身边
我答应你不会继续爱你
虽然我的心还没有答应我自己

同你漫步在九月的秋夜里
低头追逐着你日渐倦怠的影子
我就一直保持这种姿态

等你的答案　被风吹过我的耳畔

2017 年 9 月 25 日

自大的爱情

我曾笑他为我迷恋　为我痴狂
最终我变成他背上的一个黑点
贴近他的身体　吮吸他的气息而存活
不痛不痒地　渐渐淡出他的双眸

我笑自己为他痴狂　为他迷恋
最终我不再孤单　却陷入更深的悲凉
即便　我的心已死无葬身之地
不痛不痒地　默默等待他的回应

你是否爱我？
一如从前　像你追问我时那样

2017 年 9 月 11 日

那　双　眼

那双眼
那双注视着我的眼睛
燃起一团盲目的火焰
灼烧出我的泪水涟涟

我的心
颤抖扭曲向虚妄狂奔
它拖沓着漆黑的内脏
嘲笑般地对深处嘶吼

别恐慌
我只是静静地等待着
不声不响被处以极刑
让一切重新回归死寂
你望了我最后一眼
面无表情地转身离开

我望了自己一眼

那双眼

从不是你的眼

2017 年 10 月 26 日

哭 笑 不 得

我攀爬在哭泣的太阳上
抚弄它缭乱的发
以映射你的笑容

你在我的皮肤上刻一朵
神经质的野蔷薇
与我一样流着血

疼痛妄想用虚伪温暖我
你却狠狠刺穿它
只剩狰狞的笑颜

你静静走过　穿透我的身体
甚至衣角划过我的手掌心
最后双脚也消失在泪目中

光芒尽碎

一颗一颗　扎进了心脏

谎言不再热烈

那比面皮还轻薄的爱情

2017 年 10 月 23 日

你亲吻过的玫瑰

我不要你
不要你已赋予他人的爱
撷一朵你曾亲吻过的玫瑰
拥它入怀　再无其他

吻它直到泪眼婆娑
最后再让我看你一眼
只最后一眼　我们就在一起

吻它直到迷离沉醉
你的吻在我唇边流转
流转　滋润我干涸的喉
流转　在心胸

我不要你　我们隔着一座花园

我只想要一朵

你曾亲吻过的玫瑰　拥它入怀

做我云端上的　全世界

2017 年 6 月 9 日

说好了不相爱

爱你　让我僵硬得　像被施了魔咒

爱你　让我不得自由　如同困顿之兽

爱你　让我从此患上了失眠症　思前想后

如果爱你　便就此消沉下去　夜夜满腹哀愁

那么　我更希望你不要接受　就让它随风漂流

没有开头　就没有以后

没有拥有　便不必回首

我们的爱就始于初见　终于回眸

我们的爱戛然而止　又如此恰到好处

不相爱就不会分开　未来都不必虚构

我们都说好了

黄昏之时让爱与阳光一同湮灭

即便是在梦中真相显现　也要缄口不言

我们都说好了

今后相见不如不见　想念越变越浅

直到偶然相遇　客套之后　匆忙逃窜天边

2017 年 3 月 12 日

写给你的诗

不要
询问我为何偏头而笑

我在等
太阳不再围着小树绕圈子了
而将我的只影
变长
变短

我在盼
河流不再为那坚石洒着泪了
而将我的双足
变轻
变重

我在笑

在我偏头映入的血雨猩红中

还有

你的纯白

2017 年 5 月 18 日

致 金 烁

我灌下了一瓶辣椒

感受胃的剧烈灼烧与疼痛

试图与你同病苦

我闭口不再言说一字

就像如今无法开口的你

试图与你同失语

我回避了所有人

如同孤独而失意的游魂

试图与你同消失

可我对你是隐秘的、内心的

我们的缘分　也始终无果

我毫无资格得到你朋友们的安慰

也毫无身份为你焚烧我们的诗歌

只有痛哭心伤

我只愿、只求能留你

一缕曾经的爱、一丝念想

伴我余生、一日团圆

为你生一根白发　流一夜眼泪

只愿今日你入我梦中

同我再叙、再续……

2017 年 5 月 15 日

要 我 如 何

要我如何想象你的身体将被烈火焚烧，
要我如何想象你的墓碑刻着如此平常，
要我如何不去憎恶这个不公平的世界，
要我如何忍心去想你的墓前没有诗歌，
要我如何在没有你的时光里笑逐颜开。
要我如何再提笔写下悲剧，都不如你！
要我如何这般健康地苟活着，凭什么！
要我如何再争取什么功名，跟谁争你！
要我如何敢想你，我该让你得到安宁！
要我如何有资格为你哭丧，未曾谋面！
要我如何为你写一首诗，
竟已是生死离别！

2017 年 5 月 13 日

神 爱 之 舞

你搂着我的腰,我抚着你的肩。
圆舞曲的旋律为我们而奏起。
眼对眼,心连心,今夜不再孤寂。
我的裙角飞扬,你的眼眸深邃,
舞步和谐如一,一如梦里。

前后轻踏,左右旋转,两手紧握。
琴声与你相融,充盈了我的世界。
你唱我迎,我唱你和,今夜终生难忘。
用十多年的孤独换来一日相爱,
我们的梦都会实现,现实也不能阻碍。

一步步入你怀,即便拥有美人鱼的双腿也无碍。
离别的时候你我眼里泪光闪闪,从此思念成灾。

爱神一定会拨开重重雾霭，请记得我与你同在。

只要我一息尚存，便不会停下祈盼今夜再相见。

2017 年 2 月 14 日

我的爱，我的发条小姐

我的精灵，我的发条小姐。

令我飘浮在爱情里，一步一步走向蓝蓝天空，

如果不曾爱你，我的机械心便不曾真正转动。

我的宝贝，我的发条小姐。

那不是雨声，是我的心随你的歌声剧烈跳动，

抚慰你的伤，不要再将自己包裹在层层藤蔓。

我的唯一，我的发条小姐。

愿我火山爆发般的爱意没灼伤你冰雪肌肤，

将生命的发条交给你，这是我能给你的承诺。

抓住这最后一场雪，我将通往天际。

我的发条小姐，在梦中，一起跳舞。

2017 年 2 月 18 日

是谁让情节迷乱

是谁让情节迷乱，
我只是醉里寻欢。
辗转难眠，
我就多看了一眼。
漆黑深夜，
我在等一个结局。

寂寞里，
你的呼吸，
爱情迷失了自己。
谎言里，
你的奔赴，
不管不顾的身影。

是谁在演戏，

让情节扑朔迷离。
是谁错付情，
让谎言掺了真意。

早已忘了追究对错，
就这样，甘心沉没。
轮回中失魂落魄，

都怪我，假戏真做。
你眼里我的惊慌失措。
这就是你要的结果？

2016 年 5 月 22 日

该 怎 么 办

我不会说话　只会流泪
从前的种种模糊地贴在脸上
粘得紧紧　怎么也擦不掉

于是　我擦掉了枕头　擦掉了被子
擦掉了以外的世界
擦得干干净净　一片空白

却赫然显现一架钢琴
你指尖流转着
正如　我心痛的　节奏

2017 年 12 月 5 日

第二辑

人生予我

人生予我（组诗）

序　颜色

我有深蓝色的眼睛，
远远坐定深凝万物。
发着光晕的建筑上，
血红的太阳在晃动。

它那金黄色的囚笼，
压抑了孩子的光芒。
指尖透明脉轮翻滚，
炽热而铺张在梦里。

还有那被色彩鲜艳、
招摇的笑容所伤的，

褐色如死灰的眼泪，
厚重而渐深渲染着。

直到三只眼已充血，
厌倦地蒙上了世界，
我终于看到了真相
——
这静悄悄的，
只有纯粹的，
令人战栗的暗黑色。

一　睡梦

对着窗外风景而眠
醒来　便是一种安稳

对着惨白的天花板而眠
醒来　便是一种磨难

拥琴而眠　连梦都不孤单
怀事而眠　缠绕惴惴不安

去寻一个个初见之人？

我一路向西　融入了太阳

任由往事轰鸣作响？

不复相见的惆怅也忘了

我忘尽了极美的风景

化作了最纯洁的爱人

到他们的身边去

到他们的心上去

到他们的

梦里去

二　住所

我总是如此任性地到处搬迁，

在所有能住的地方住了个遍，

最后所有的话都变成了欺骗，

最后所有的爱都比想象的浅，

最后所有的人都是只如初见，

最后所有的地方我伤了个遍，

最后静静的不再嚷嚷着逃离，

最后生怕别人问我来自哪里，

最后任何地方都没有了意义，
最后我语塞了缄口不言曾经，
在大雨中将一切往事都洗净，
从此便只住在自己的世界里。

三　食物

夜灯忽地亮了
我是一个永远不会饱腹的孩子
钻进了墙外头的缝隙里
满足地啃食一个热乎乎的包子
热切地盯着对面香气弥漫的饭馆

我的兜里没有开启童话的糖果
也没有排解孤独的奶油蛋糕
只有半个　凉凉的
舍不得吃　快要发霉的饭团
是否还留有一丝
家的滋味？

四　口渴

这干瘪的世界
在烈日下渐渐挥发枯败了
我在尚且荫蔽的回忆里
急切地寻求一样解渴的东西

热恋的毒酒让我险些丧了命
童年的奶瓶　生生卡在了
巨大而又坚不可摧的石缝里
干燥多年的坟土已经淹到了胸口

我竭尽全力奔向黑暗无人处
奔向了永夜的忧郁
星月流下泪水让我吮吸
我太用力　以至于呛进了心里
它们化作了一片深蓝色的海
我成了一个永远喝不够的小孩

五　诗意

我把花海切了又切

陷入了她设的　一个谜

这个谜如此厚重

以至于一头栽入她的蔷薇丛

直到我走了很久　很远

见着了　远处的灯塔与河岸

光晕变作了强光

我丢了花海的谜底

以及　她襁褓中最美的

诗意

六　年轻

年轻让我天真地以为

天空永远挥霍不去

歌声永远不会落空

于是我抛下了窗边的眼睛

去追逐　零落凡尘相似的灵魂
我过早地记忆衰退
以至于忘记了你要的春天
忘记了约定相见的日子

我过早地生了白发
靠着别人告诉我的方向奔跑
始终逃不了冬天　逃不过疾病

喋喋不休的老人训斥了我一整天
我瘫倒在雪地里　无望依然
他叹息着离开了　最后对我说：
年轻人　何必将自己逼上死路

七　恋爱

疯狂退去了赤裸的潮汐
美感在旋涡里消失殆尽
亲爱的　我还没学会依赖
你却已经打着转沉落了
吐着美人鱼化成的泡沫

太阳被捆绑在了海岸线

我的眼里只剩下昏暗的
接近血雨的露珠在凝结
亲爱的　我还没学会原谅
你却打翻了我一船的梦

浮力渐渐消退
我忘了自己是谁
只有你在我耳边反复呢喃
嘘　亲爱的　别说话
就这样　我们会相守到永远

八　孤独

我压低了帽子奔逃，
以躲避孤独的追捕。
一路向旁人求助着，
却都摆手道我患疾。

直到逃至一个荒芜之地，
黑夜在此长久栖息，
白日也从未与此毗邻。
让我困顿不已，沉睡过去。

原来早已注定——
孤独渐渐,将我彻底侵袭,
植入梦里,同我形影不离。

九　命运

我见着　自己的头颅被冲进废水
因身份卑微而暗淡无光
太多光鲜亮丽的脑袋等着被祭奠
以及他们金灿灿的遗产

我吐出了一个不为人知晓的天空
如同孕育我的时候一样
我将自己全部的天赋和情感奉上
为倾吐时的快乐而疯狂

它是我的一切
我却只是它的残次品

尾　生活

如果　如果所有的痛　都可以用疼替代
便不会身陷深巷　寻不着　一个出口

将无妄之钟敲响吧　角落里的天使
至少别再让我独自这般胆战　又心惊

还是曾经那首曲子　即便记忆力未老先衰
开始在黑暗中学会轻闭双眼　装疯卖傻
便懂得了如何让悲伤与恐惧止步
便懂得了　生活

2017 年 4 月 13 日

谎 言 剧 场

我曾经相信过这排演的剧场
不过是从四目相对到两心敌对
哦看　我都发现了什么
牵线木偶的脑子装的不是腐木
全都是你调制出的谎言松油
你才是谎言剧场中的美杜莎

最罪恶的秘密就是一眼所见的
所以木偶们没有起疑心
你蒙蔽了他们的天赋　神性
以获得凌驾至上的统治权
即便使我居于丑角　痛苦和病态
也不会令我怀疑自己的真心

而且

我此刻比任何时候都要清醒

如今我唯一可以相信的是——

这个剧场里没有任何东西可以相信

2017 年 12 月 14 日

我好像忘了什么

除了那拒人千里之外的自尊
和那些距我千里之外的悔恨
我还记得什么

每天自我麻痹和自我催眠
以抑制我杂多可笑的阴郁
我甚至忘了愤怒

忘了要怎样决绝
就像已经没有什么可烦忧的
只需要做梦　惊醒　再继续做梦

但有个什么是我应该记住的
想起来竟然还会心痛的感觉
是一场梦吗？

我以为我永远不会忘记的

可

那到底是什么呢——

2017 年 12 月 12 日

男孩的城堡

男孩的眼中散发着天使的光彩
在他的垃圾堆里摆弄着"宝藏"

用毫无形状的泥巴规划着他的领土
用肮脏恶臭的易拉罐垒出他的城墙

用他干裂的唇儿亲吻破烂的洋娃娃
那是他最最珍爱的宝贝　他的公主
于是瘸了一条腿的猫咪嫉妒地跳了出来

不能调皮了,霍斯丁
你看太阳快落下了,恶魔要出来吃耳朵了
男孩认真地说

2017 年 12 月 12 日

我　是　谁

我只是一个收纳盒
想法被我从四面八方吸收
充盈着唤醒了每一个神经
所以　我崩溃了

我理解了所有的人
他们因为我的理解而爱我
而想要占尽我全部的脑袋
所以　我逃走了

我自说自话　我自我矛盾
我在孤身一人的洞穴里挣扎哭泣
我在想什么
我在反抗什么
我在为什么而流泪

我不知道　我甚至无法分析自己

所以　我分裂了

2017 年 11 月 3 日

放 过 自 己

我看见自己渐渐闭上双眼
灵魂如同一滴眼泪脱落
身旁坐着我怨恨的女人
给了我生命，又把我逼上绝路
那个人　也会是我自己

我要去做一个最长的梦
一个不会再惊醒的噩梦
所有人还是会慢慢死去
跟我一样　从灵魂开始腐朽
最后被慷慨地放进小盒子里

我放过了所有人
却始终没有放过自己

2017 年 11 月 3 日

世界，我的答案

我向人们寻求帮助
他们发觉危险后纷纷离开
当痛苦榨干了我的孤独
我将过去和秘密束之高阁
人们才会拥挤地前去窥探

空洞的灵魂　回到了幼稚的孩童
我穿上了最爱的最繁华的裙子
投进了无人踏足的黑湖里
变成了一条蓝宝石色的鱼
除了狂热地舞蹈　我一概不知
也一概不问

每一场梦都没有结局
你们想要的答案

只有消亡的回音

2017 年 11 月 26 日

世　人

我哭　我笑
我爱上了一个分裂的幻影
我爱做一些毫无缘由的事情
不,这都与别人无关

我会在柔光下旋转歌唱
也会在墙角里憎恶吼叫
玩偶与鬼魅都可以做伴
悲伤和欢乐我同样感受

我精心打扮自己
不为附和谁的欢心
旋律和文字
已经让我身心满足

不要逼我

因为我一定会走

消失在阴霾下的阴郁里

绝不回头

2017 年 11 月 7 日

孩子，乖

仔细装扮好这公主般的美丽笼子，
镶上璀璨的假钻石，鲜艳的颜色，
以遮挡墙角的阴影、墙内的血腥。
这道门修葺着诡计，暗藏了玄机，

孩子进去吧，这是你温馨的小家。

牵线的木偶不需要向往自由的心，
可爱的洋娃娃只需要待在小窝里，
保持微笑。

孩子开心吧，这是你美丽的天地。

童话故事里公主没有眼泪，我有。
童话故事里公主有王子，我没有。

孩子幸福吧，这里有你吃的用的。

公主不应该到外面世界，太危险。
公主不应该认识其他人，要高贵。
公主不应该反抗和挣扎，没必要。

孩子开门吧，这里有唯一的亲人。

可是皮鞭和戒尺就藏在枕头下面，
可是这里没有钥匙和电话通外面。
可是我只能一个人每天以泪洗面。

孩子听话吧，看，这里多么美丽。

毒蛇和蜘蛛藏匿在夜里不得安眠，
被怪兽圈养的公主娃娃呼唤死神。
只有梦魇陪伴孤独无望日日夜夜，
泪水血水终于弄脏了这美丽笼子。

孩子看着吧，一辈子都别想离开。

2017 年 7 月 16 日

非自愿的疯狂

这世界已经疯了　连你的存在都是
我也疯了　残缺的幻境割开了新痂
我成了透明的幻影　梦中的逃亡者
除了梦里　已经无处可躲
而在梦里　永远渗透恐惧

这世界已经疯了　连你的快乐都是
拜托亲切的黑夜把自己包裹起来
请求亲近的瓢虫把自己变得普通
我太过柔和又太过坚强
内心被拉扯得无法归位

这世界已经疯了　而我注定是个疯子

2017 年 10 月 16 日

人群恐惧症

破碎的眼睛

在不合群地低吟

泪水粘在灰暗的油画上

胆小怯弱的　一点一滴

将所有人一掷而出

只愿与孤独同死

回到妈妈残暴的怀里

伴着血腥的童谣

才能习惯性入睡

坟山上的一根不起眼的藤蔓

都能使我悲伤

可我的心　从未停留这么久

除了你　和不曾兑现的

永不分离

2017 年 8 月 13 日

回 忆 作 乐

当熟稔的音乐用她暖柔的玉手，
点着了，我窗前的一根浅浅的蜡烛。
曾经的记忆，便依稀倒映在我心房的天花板上。
我是多么、多么想要再触摸那些萤火虫啊，
朦胧的光还罩着我，即便这里漆黑又冰凉。
还是安稳放松下来，在这音律中尽享安眠。

如今游荡在丁香花蜜吞吐的记忆，已经空无一人，
只那日尚且稚嫩的声音还在漂浮，如仙女的衣裙。
轻轻蒙住了我热切寻求的双眼。
时间静谧得只发出一声叹息后，不停湿润我的耳畔：
已经不在了，已经不在了……

本想离你更近一些，一路走得太久太执着，
执着到愿为我的爱所灼伤，依然无法窥探更多模样。

只有这空虚的灵魂游离在梦中，荒度着岁月。

泪光若星辰闪烁，从前，那只知悲伤的年纪。

2017 年 3 月 19 日

我已经不是孩子了

花间嬉戏会被蜜蜂蜇伤

流浪天涯会使我瞬间衰老

我已经不是孩子了

我知道花被迫生长了尖刺

我知道一切单纯终将被摧毁

如同一座座缤纷斑斓的城堡

在我身后接连化作了灰烬

我一路走过　繁华　衰败　最终沉寂

依然满负盛气　同既定的规则斗争到底

可我已经不是孩子了

笑容在我的脸上停留三秒就泄了气

知觉在我感伤的泪水中渐渐溜走了

我老练地写下人生百态　切中要害

却悲观地对待自己　对待自己的过去　将来

我太健忘　以至于将所有的都丢完了

只是孤身一人　只是一路走过

只是还会

对路灯下等待被爱的孩子

投去　深深的、深深的注视

然后继续前行

2017 年 6 月 6 日

我失去了诗

我曾因尝试失去诗的生活
而变得虚弱不堪泪流不止
无力地匍匐在世俗呆板的石头上
为无法保留的美妙天空默默抽泣
饥渴交困　孤独而又空洞
就连梦中飞絮都会堵塞我的呼吸

仿佛成了一个遗忘了前生的游魂
失去了所有　可以言说的意义
唯有等待时光将我风化成灰烬
在呆板的石缝里
空负了天明

空负了
天命

2017 年 5 月 9 日

让 我 自 由

我精疲力竭地瘫坐在,
这似乎无穷无尽的蚂蟥虱子的营地里,
陷入了可悲的、最后一刻的妄想。

我没有乞求重生、天堂,甚至没有回忆过往。
只是希冀着,希冀一个有力的臂膀将我带出这人间的
炼狱,
那么我将抛弃我引以为傲的一切,
在这隐藏了强迫和侵犯的人世,彻底地逃避。

可就在我安然地幻想和等待死亡之际,
耳边那来自地狱的咒语又让我清醒起来了,
那遍布全身的一点点腐蚀肉体的剧痛逼迫我反抗,

我试图用尽所有的才智勇气与它们斗争着,

人们称之为奇迹,并给了我许许多多的财富。

从此,我每日强打精神地工作在

这堆满了无穷无尽的金银珠宝的宫殿里,

呵,从此,我甚至失去了幻想一个有力的臂膀的资格。

2017 年 1 月 4 日

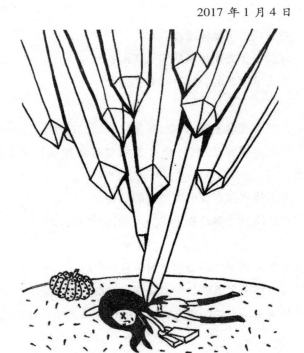

多希望我不曾回头

保持这奔跑的姿势，
多希望永远都在逃避，不曾回头，
可惜那只是一场不可能实现的梦。
死亡只能清醒地认识到爱的存在，
却不曾拉我远离罪恶，回到现实。
美貌仿佛是与恶魔做的一次交易，
是幸福还是被玷污，已不敢再爱。
有的孩子生来就没有选择的权利，
却顺理成章地被一视同仁、被厌弃。

如果所谓艺术不凡的代价是一生，
如果一个人真的还可以重新开始，
如果妄想自己不曾失去不曾发疯，
那么，便不断逃下去，不要回头。
让我不要望见那鲜血淋漓的现实，

那鲜血淋漓的自己。

2017 年 2 月 9 日

给乞丐煮稀粥

布道者搅拌着这锅稀饭，
没日没夜地往里面倾倒着糙米啊！
不管它们从哪里来，是什么色彩，
就一个劲往里面加米啊！
加得越多主顾越多，
大把大把的零钞也能堆砌成金墙。

加水，加水，再加水，
把这无尽的锅填满啊！
米粒太大一概不收，顾客太少就是次品。
只要看上去能吃的，
就一个劲往里面加米啊！
供应商门槛高高的，
布道者腰包鼓鼓的。

加火,加火,再加火,

誓要燃烧了整个世界!

全身滚烫着兴奋啊,两眼都喷射出了火焰,

成就了一个火热的人间。

哈,布道者一定会遗名千古!

2016 年 12 月 7 日

垂死的乌龟

被遗忘在角落的乌龟
在肮脏浊臭的水里垂死挣扎
日复一日　试图挥动无力的爪子
在塑料盒上挠开一个洞

它曾以为自己永远不会离开家
它曾以为自己永远不会被抛弃
它曾以为只要坚持就可以逃走
它曾以为塑料盒外面就是河流

越痛苦就越贪生怕死
直到脏水都竭尽的最后一刻
仍然张大嘴巴呼吸着
在被人遗忘的垃圾堆

它想家了　想起曾经
幼稚地以为自己多么不同凡响
甚至可以长生不死呢
呵呵

2017 年 8 月 14 日

肮　　脏

污浊的臭气从狰狞的脸上倾吐而出,
于是无数生锈肮脏的车轮吱吱的叫声响起。
赤裸着在燥热的冷眼旁观的太阳下,
将自己早就生疮发霉的心再度烤焦散发恶臭。
早已不知羞耻,早已不懂良知。

于这视花叶如同粪便之地,
我只能让血泪盛满我悲伤又怨气冲天的双眼,
艰难而疲惫地走着这条近乎垂直的迷雾山路。
小心翼翼地隐藏自己,以及不可言说的真相。

只有当沿途偶尔飞舞的孱弱的、略微畸形的蝴蝶,
停留在我凌乱不堪的发间,
耳畔轻语那些尚不成句的世间万物零星回忆时,

我才能恢复神采,用自己仅存的气力将它们唱诵。

一遍遍,飞往有心人的胸膛。

2017 年 4 月 2 日

我步上了可怜的诗人的后尘

我步上了可怜的诗人的后尘

这个世界是"欢乐"的,我的悲伤是尴尬的。

从出生就被决定了命运,可我"偏偏"又长了反骨。

呵,我步上了可怜的诗人的后尘,只有疯狂才能让我才思泉涌。

可我却成了畸形的疯子。

我的一只手臂被情感拉扯得鲜血淋漓,

那剧烈的疼痛和矛盾的烦恼从未停息。

我的半边脑袋被卡在了现实里,

只有这样我才能理智地写下这颠倒黑白的人世的离奇。

我甚至对此无法埋怨,我步上了可怜的诗人的后尘啊!

除此之外,我的人生还有何意义?

2016 年 3 月 12 日

第二辑

无辜的风筝

我已不是从前那个我了，
你又何苦追逐往昔？
别忘了，风筝也会割破你的手指，
弄断你的指甲，让你苦不堪言。
但它给你的快乐却微乎其微。

呵，你又何苦追逐往昔？
你庄重的神情早就出卖了你。
多余的欢笑显得那么滑稽啊。
别以为我不知道那只是你的空虚。
你脱口而出的抱怨早就出卖了你！

快安心回到你的牢笼里吧，
你已不是从前的你了，
正如我已不是从前的我一样啊。

既然我们起风的季节已经逝去，
又何必苦了那无辜盘旋的风筝。

2016 年 3 月 9 日

请让自由远离我吧

请让自由远离我吧,朋友,
我一定会就此一去不再返。
就像那牢笼中的鸟儿一般,
迅速溺死在蓝天的温怀中。
我早已习惯了在枯竭中的生存之道,
早已忘记了去怀疑这一切是否真切。

可是朋友,我竟在无知中奉献了青春,
如同奴隶一般,
如同奴隶一般啊!
我甚至于忘记了这到底是属于谁的人生。
既然注定要被剥夺,为何不在我心中完全湮灭?
这般罪恶如杀人的行径怎能做得如此光明磊落?

朋友啊,就让自由远离我吧!

我怕我心中那野兽般的怒火，

会将所有的假象撕个粉碎，

会妄图将真相都呈现在世人的面前，

那么，我将真的失去了所有的自由。

2016 年 3 月 2 日

我是落定的尘埃

我是落定的尘埃
平凡是我的依赖
安定是我的期待

谁没有爱过狂风
谁没有恨过阴暗
也因此折过了腰

请不要问我为何冷漠
你并不知道我的姓名
我也无力再谈起曾经

我们在角落擦肩而过
你扬起我又悄然零落
一开始便预示了结果

我也曾疯狂追逐

我也曾渴望出彩

也曾因此折了腰

孤独是我的存在

安静是我的未来

我是落定的尘埃

2015 年 3 月 7 日

第三辑

囚徒之梦

囚徒之梦（组诗）

序　我知道，我在梦里

窗外昏黄的路灯还在闪烁，
看不清，长椅上他的背影。
无法伸出手推开那扇窗子，
我动弹不得，也挣脱不开，
我知道，我又在梦里了……

他依旧撑着那把黑色的伞，
缓缓向我走来，我沉醉了。
他有残雪般的冷清的面庞，
抑郁得如同被囚禁的鸟儿。
我知道，他也和我一样……

哪来的喧嚣搅碎了我的梦，
不，黑夜才是我心的归属。
醒来便是逃脱不了的囚笼，
不要吵醒我，永远不要……

一　　她无意走入我的梦里

一切，就像是被地狱之火燃烧殆尽了，
死气沉沉。
整个人，好像飘浮在空气中，
感受不到身体的重量，
不断地，旋转、颠倒、坠落。

模糊中，
那个男人的身影，斑驳陆离，
让她感到既恐惧却又想靠近。

就这样，在一片死寂中
她慢慢地沉沦，沉沦……

"醒醒吧，你快要死了！"
一双手紧紧掐住了她的脖子。

呵,那是恐惧对她发出的警示。

"我要醒来,我必须醒来!"
求生的欲望那样强烈,
让她不顾一切地挣脱。

剧烈的头痛和麻木,
挣扎远比承受更加难熬。
她终于醒了过来,捂着胸口,
痛苦的神色久久盘旋,未散去。

夜正黑,薄薄的月光,
深深添了一笔冷寂与恐怖。
如同嗜血的恶魔身上的黑色气息,
扑面而来的,是流动的怨恨。

她用被子捂住头,
把自己藏匿起来。
她知道自己逃避不了梦魇,
一如她无法逃脱残酷的命运。

她真的感到无比疲惫，
也许有一天，会再也无力挣扎……

她紧紧抱住了自己，
蜷缩在墙壁旁，
把身体淹没在了，
这无尽的黑夜里……

二　她会让我丧命

清晨，她在窗前望着天空默默祈祷，
没有人相信我的梦魇会带走我，
他们总是失去了都不承认自己错了。
我日夜恐慌着，母亲，救救孩子吧。

您赐予了我如此纯粹的灵魂，
可否教教我，现在该何去何从？
请不要将孩子遗忘在梦的深渊里，
我的期盼与祷告，您可还能瞧见？

她强忍着眼泪，秀丽的面庞透着惨白。
门紧紧地锁着，此时的她已孤立无援。

静坐在书桌前,她拾起了手边的尼采。
伟大的灵魂啊,总是与绝望相伴而生。

她想起了那个梦里的男人,
那夜晚的精灵。
月亮那冷峻的双眼是属于他的深情,
他的美好尽在残月的微光里,

我们一样地不完美、不明艳。
却深邃悠长、连绵不绝,
就那样,直直地、悄悄地,
触碰到了心坎里。

最真实的自己,
毫无保留地展现了出来,
我的惊恐,我的悲伤,我的哀愁……
他好像都了解,那夜的精灵啊。

三　她的诗歌藏着人世的秘密

深夜,她不安地辗转反侧,
困意还是强迫她进入了梦里……

第三辑
095

"真实的故事充斥着无可奈何的谎言，
谎言背后却饱含着无法谅解的深意。
总之，无论如何都是要被折磨致死的，
不过是为了某个渺茫的生机，
求生之本性。"

路灯扑闪，那冷冰的声音，
好似看透了一切。

"封存了表面的悲伤，
实质的孤独让人沉沦在逃避的路上。
何时才能学会不再轻信爱和希望，
狂热每一寸的微光？"

长椅上，那修长的身影，
好似无数个夜里梦到过。

"别人看来引以为傲的一切，
都显得那么无关痛痒。
你忘记了每天反复的逃亡，
只记得衰老不曾离开身旁。"

她不由自主地被他深深吸引，
他的灵魂，美若流光。
就像他的诗，浸透的痛苦
一样纯粹。

"孤独是醉酒人的胡话，
乱语中的辛酸无人牵挂。
原来我们身处象牙塔，
以为的天崩地塌，
不过是一笑了之的尴尬。"

她静静地坐在他的身旁，
在他们的梦里，
轻盈如蝉翼。

四　她是被遗弃的孤儿

她失语了。
她似乎忘了怎么将语言用声音表达出来。

几个星期，

她都没有屏息说出一句话，没有什么值得说。

这个世界，
令人窒息，令人遗憾。

纯洁忧郁高尚的灵魂，哪去了？
没有生命的躯壳，他们与魔鬼做了交易。

她被忽略，被逼迫着，因为她毫无意义。
她错把坟墓当作天堂，孤零零地看着真相，哭泣。

"不，你不了解，我们都被人世蒙蔽。
不，你不知道，但是有人告诉了我。
不，你不要说，我已听厌了那些话。"
她太卑微，也太无力，没有人会相信她。

只有在梦里，她独自躺在黑暗里。
她内心的情人会倾听，
他撑着一把黑色的伞，
将其他人遮挡在外面。

只有在梦里，她沉睡在了幻想里。

她内心的情人会走来，

他同她一样孤独忧郁，

他会竖起耳朵用心听。

只有在梦里，她可以逃离，

只有梦里……

五　她的灵魂是世上最纯洁的宝石

喧嚣后的宁静使她可以放松下来了，

假面的背后的鲜血淋漓，

她找不到自己，也不敢看她们。

她一直在等，却如何也等不到，

一个答案。

她伪装的技术，那么生疏与滑稽，

藏不住自己的迟钝，

同样，也看不穿别人的骗局。

呵，她自嘲着，

追寻，她想要的纯洁无瑕的世界。

她的梦啊，比这个世界更真实。

没有任何算计与束缚，只有他们两个人。
他诉说着自己的故事，就像诗一样美好。
他的灵魂多么纯洁啊，你可知道？
那一定是世上最纯净的宝石也无法比拟的。
对，它一定是世界上最纯洁的，
最珍贵的。

他是被遗弃的孤儿，无意中走入她的梦里。
他在黑暗中长大，与世隔绝，不懂人情世故。
他用那苍白细长的手，撷起了一朵曼珠沙华，
轻轻地，温柔地，插在她的发间，
用他特有的迷人声线说：

"跟我走吧，亲爱的。"

六　她抛弃了这个世界

如同枯败的树枝，在孤独地腐烂，
她的躯体也在腐烂。
黑夜吞噬了她洁白无瑕的肌肤，
也留给了她想要的永恒的宁静。

她是被世界遗弃的孤儿，
无意中走入了我的梦里。
她的诗歌藏着的秘密会让我丧命。
她的灵魂是这世上最纯洁的宝石。

我静静地看着她流着绝望的眼泪，
哈，真是有趣极了。
我在角落里等着她永远闭上眼睛，
哈，我真的很高兴。

如今没有人可以阻止我了，
我要把所有人囚禁在我的梦里。
这对我来说轻而易举，
他们的灵魂轻得在天上飘浮。

你看，她的躯体在被恶毒的虫子争食。
再也没有人可以阻止我了，
她已经抛弃了这人世，
再也没有人可以拯救她了！

一切，都在地狱之火中燃烧吧。
来，让我们唱起这首邪恶之歌：

"当你邪恶的时候，

坏事做得那么顺理成章。

当你邪恶的时候，

你知道了什么叫作生活。

当你邪恶的时候，

世人都会疯狂地爱上你。"

尾　我是来自地狱深处的恶魔

我感受不到心脏的跳动，

那里只有淤积的怨恨与充盈的悲伤。

我的每次呼吸都困难无比，

哈，这些都拜他们所赐。

我是来自地狱深处的恶魔，

我不需要任何人的爱与关怀。

我拥有最纯粹的邪恶力量，

我要让他们不再快乐与欢笑。

深夜，当你沉睡的时候，

请你小心保管自己的心脏。

哈哈,因为我会偷来在手心把玩,
拿它去喂我可爱的蟾蜍。

深夜,当你沉睡的时候,
请你不要贪图梦里的欲望。
哈哈,因为我早已为你下了毒咒。
我要你轻浮肮脏的灵魂。

我嘲讽地笑着,
甚至笑出了卑微又可怜的泪水。
冰冷无感的心真是个好东西,
背上的芒刺真是所向无敌。

我亲吻了毒蛇,
将可爱的诅咒抛向愚蠢的世人。
欣赏他们流尽了最后一滴血,
吐着肮脏的满是津液的残躯。

我嘲讽地笑着,
这只属于嘲笑的眼泪,真是所向无敌。
这都归功于我有一颗冷漠残忍的心,

哈，这都拜他们所赐。

2016 年 7 月 31 日

笑

心跳渐渐向我驶来
又在最近之时离开
可是我的身体无法离开
我已经厌倦了做我自己

遗忘是活着的唯一解脱

梦里见到的那个你是谁
如果你愿意听我说
我会告诉你

我恨你

2017 年 11 月 29 日

那流动的天空

下沉,穿过玻璃与他十指紧扣,
他裸露的肌肤上刻着我的衣服。
近了,他的脸只有刺眼的光芒,
我抓住了一缕,吃进肚子里。
又一口气将它们倾吐而出,
流动在天空中编织我今夜的梦。

是现实还是幻想都已不重要,
我轻快如羽毛,谁又在意为什么。
谁在意,即便是欺骗我也享受,
我身无一物感受万物温柔触碰。

我曾穿过最苦、最火热的地狱,
我曾以为那就是我最终的结局,
可是当我爱它依然,爱它如命,

我不觉来到了这流动的天空。

我的心，突然平静了、豁达了。
我依然得不到世人的理解与信任，
可我感受到了苦苦寻求的快乐，
在这沉浸于我所爱的天空里。
他与我十指紧扣，轻盈如羽毛。

2017 年 1 月 18 日

梦褪去了我半张脸的色彩

梦褪去了我半张脸的色彩，
在人群中迅速地躲藏、逃遁。
被日光蚕食后的残片碎影，
仍然如此地惹人依恋、遐想。

那熟稔的旋律到达不了的地方，
在梦中淋漓地尽显了它的言语。
是否展现了太多的天机妙语，
精灵们便都在眼皮下飞得无影无踪。

也仅是那残片碎影，
都让我慌乱地丢失了半边脸的色彩，
在人群中狼狈地躲藏、逃遁……

2016 年 12 月 8 日

吃鬼的傻瓜

你说要带我尝尝鬼的味道
在蜡烛全都熄灭之后
像萤火虫般被你吞进肚子里

你说鬼的味道很刺鼻
它们不安分地到处乱窜
像吃了一只只田间的绿虫子

你说我们走吧，你困了
却愣在原地目光呆滞
像个傻瓜一样一直流着口水

你是我见过的第一个吃鬼的人
你也是我见过的第一个大傻瓜

2017 年 11 月 4 日

将死的金鱼

我开始怀疑
那一直令我向往的海
是否只存在于我的幻想里
可这干燥　肮脏　臭气熏天的空气中
也曾飞来一只只鸟儿

你们应是听到我强烈的呼唤而来的吧
为何又盘旋哀鸣后急急地弃我而去
我只想要逃离　要我如何继续下去
处处是聚集的苍蝇和贪心的蚊子
而我苦苦寻找的海　只存在于梦中

可是明日依然啊　此后依然啊
眼前的世界依然啊　还有什么不需忍耐
不断地呕吐　吐掉了我多年残存的依恋

我对一切都不在意　一切对我又有什么期许
疾病让我连等待的气力也失去
只有在日复一日的噩梦中消耗光阴

我孤独而卑微　像被遗忘在鱼缸里的金鱼
只是不断撞击玻璃　最后一滴血泪也泯灭了

大海在哪里
大海在哪里
大海在哪里……

2017 年 10 月 14 日

抛　弃

困顿之兽发出最后一声嘶笑，
它呼吸短促，马上就要窒息，
一言不发生怕就此一语成谶。
不要怕，放下戒备看我双眼。

魔法阵里我们手拉手围着圈，
被腰斩的城堡咧着嘴观望着，
鸟儿们在头顶吐着污言秽语，
蝴蝶也不愿意飞到我们身边。

"呵呵，呵呵……"城堡笑道，
"无知的人啊，真可笑，
满脑子愚蠢的想法，
你们永远都不可能离开这儿。"

"若我有根毒针或者一把利剑，"
鸟儿们恶毒地诅咒，
"必定将你们捅成蚂蚁洞，
然后丢到蚂蚁窝里咬个粉碎！"

"你们的心灵很美很香甜，"
蝴蝶含泪又坚决地挥手，
"可是我不能帮你们，
你们怪物般的外表让我心慌。"

"它们在很远很远的地方等我，
不，它们在等一个真正的王子。"
我的手背被它的泪水灼伤流血，
疼痛促使我立即放开了那只手。

它双眼无神，空洞就如我的心，
坠落到，装满恶魔和争斗之地。
"不再对爱抱有希望，"它自语道，
"便不会再因为被抛弃而悲伤。"

2017 年 3 月 6 日

第三辑

宇宙外的消息

我把伤疤一点一点地　揭开给人看
不留一块给自己
淋漓的鲜血　染红了我的白裙
你说啊　我穿着很美
不是漂亮　是美

我的胸膛右边空空的　左边痛痛的
一颗心是凉凉的
故事太长了　我讲得太慢了
你说啊　会认真听完
只是　有些累了

我对着身边自言自语　那一个个人
带走了我的记忆力
眼泪崩塌后　突然就不痛了

你说啊　你是宇宙的私生子
妈妈　没有离开

我实现了好多人的梦啊　铺天盖地
用兔子花填得满满
却无法给你一个宇宙外的消息
你说啊　你有一家三口
它叫花花
它叫豆豆

2017 年 5 月 19 日

自 投 罗 网

我杀了自己
藏在仓廪潮湿的地洞里
肋骨尽断还想要与你共舞

在海岸放了一千只食人鱼
将大海铺成一个捕鼠器
然后跳下去

即便我向人们百般示弱
也妄想一天能懂得快乐
他们不会原谅我的谋杀
以摆脱我贪得无厌的爱

我怕血腥藏匿在文字里
你会发现地洞那残破的尸体

可是你却拿着我的一本诗集
说你最爱的诗的名字

叫作地狱

2017 年 11 月 15 日

通 灵 日 记

一　恶魔

它用它令人忧伤的双手遮蔽了我的双眼，
想要流泪，却只能成为我们之间的秘密。
我是一个旁观者和自以为清醒的妄想者。
我看到了自己，闭着眼安然而向往光明，
却逃不开，强烈的悲伤流淌浓稠的血液。
瘦骨嶙峋的恶魔让我眉头紧锁难以释怀。
日渐消瘦的男人，年幼时就缠绕我的噩梦，
那漫长的幽禁与恶棍，却令我心生内疚。
让我的眼流着血泪不见光明，他是恶魔，
是一个令人无法怨恨却无尽悲伤的恶魔。

二　天使

那些恼人的、自以为是的我已经听够了。
我的苦难我的所想是你们猜测不出来的，
批判也罢，只请不要质疑我说的真实性，
我是这人世的异端，摧毁者也是重建者。
我看到了和平后的危机，危机后的生计。

世界上总是有太多太多的问题亟待参悟，
我们需要的，从来都不是一个个的答案。
而是寻找答案时感受的激情与快乐。
不要被传统习惯迷惑了双眼，不要忘了，
你就是光明，你是被天使守护着的光明。

2017 年 3 月 7 日

寻香，寻乡

寻香。

像游魂般恐慌着，撕裂于空洞。

一只虫子从我身边经过，我吹了一口气，他就倒下了。

我发现了花朵的秘密，蜜蜂带走了她的孩子，她就凋谢了。

彩虹沉溺在血雨中。他知道我明白，用诅咒般的眼神浸湿了我的世界。

带着蘑菇发卡的小女孩，蜷缩在角落哭泣，善意的帮助足以让她发疯。

黑猫睁大眼睛打量着四周，冷酷却可以让异乡人倍感亲切。

我闻到淡淡的花香，追寻它弥漫的脚步，视线模糊了。

像游魂般恐慌着，流浪在刀尖。

寻乡。

2014 年 4 月 25 日

小丑的舞蹈

小丑,小丑,我的脑海中反复盘旋着。

别人都嘲笑我,我却以为他们是想与我玩乐。

我用夸张的舞蹈逗他们。

他们笑得流泪了,我,也流泪了。

"真丑,真滑稽。"他们高傲地在我面前笑着,随意踢打我,我却以为他们是在向我示好。

我忍着痛,幽默,努力地舞蹈。

他们将我绊倒,他们笑得流泪了,我,也流泪了。

终于有一天,他们看腻了,趾高气扬地转身离开,我却以为是我做错了什么。

我停下舞蹈,祈求般地道歉。

他们吐了口痰,骂了几句迅速离开,他们笑得流泪了,我，也流泪了。

我在那里，卑微地舞蹈，只笑着跳给自己看。
起承转合，轻盈奔腾。
他们惊异地转身了，给我鲜花，给我掌声。
我却逃离了，他们难过得哭了，我，也流泪了。

我逃离这儿，像中了魔咒，停不下舞步。
跳过荆棘，跳过大海，跳过玻璃，跳过稻田，淋漓了鲜血
却停不下来。
也许，停下来，意味着我会死去。
陪我流泪的人渐渐远离了，我是孤单的吗？

没有人看见，我笑了，是不是不停下来，回忆就不会折
磨我，
直到死去？

2013 年 12 月 20 日

灵魂的交易

染血的天下着神的哀鸣，
污河的魅影吞吐着死寂。
黑土中生出的枯手战栗。
哈，荒谬绝伦的过去就要来临。

失散的云搅碎在坟墓里。
骨灰的长发结成了黎明。
火山的舌卷起碾碎抽泣。
哈，罪大恶极的誓言就要剥离。

震怒，狂奔着，分崩离析。
浓稠的汁液炼育死亡之婴。
恶龙的利爪拯救魔之怨灵。
哈，病入膏肓的孩童就要判刑。

沼泽被困于谁残忍的甜蜜。

稀疏的面皮画了谁的毒计。

麝香亲吻了谁的扑朔迷离。

哈,死灰复燃的诅咒就要唤醒。

梦魇迷恋着野兽的狂暴气息。

撕咬,长啸着,毫不留情。

心肺摇摆吐出的虚情假意。

哈,这就是你拼命寻求的谜底。

灵魂的交易,可笑,至极。

2016 年 5 月 29 日

爱斯美拉达

爱斯美拉达,世间最圣洁的女子。
你那小白羊定能将你好好保护,
在天堂。

啊,亲爱的爱斯美拉达,
世间唯一圣洁的女子啊!
但愿你不知道我沉痛的悲哀,
愿所有的悲哀都在朝阳中散去!

啊,美好的爱斯美拉达,
我的泪水中流淌的是爱恨交织的矛盾啊!
爱斯美拉达,你的歌声多么美好,
此刻却连最后的呼救也发不出了!
你的舞姿如天使,可它却与巴黎的人性一起销声匿
迹了,

啊,善良的爱斯美拉达!

你那细长的指尖能否再为疯狂颠倒的人世挽住一丝
人性?

但愿所有的痛苦都能在朝阳中散发!

2016 年 3 月 10 日

你的心死了

你的心死了，
再也不会快乐，就再也不会难过了。
多好啊，亲爱的，你流了三天三夜的眼泪。

泪流干了，就不会再哭泣了。
再也不会卑微，因为心中不再盼望什么了。
多好啊，亲爱的，你不会再害怕白天的日光。

心已死了，就不会再自卑了。
再也不会不知所措，你可以随心所欲了。
多好啊，亲爱的，你现在是个自由的人了。

毫不在意，就不用再说虚伪的假话了。
你看，你的灵魂多么美啊，亲爱的！
它透明得像最纯洁的宝石。

亲爱的,它一定是世界上最纯洁的。

笑一笑啊,你为何眼神黯淡无光啊,亲爱的!

你再也不会心痛到泪流,再也不会孤独到发疯。

你的心死了,你的灵魂那样透明,像世界上最纯洁的宝石。

它一定是世界上最纯洁的。

多好啊。

2016 年 2 月 22 日

又是不眠之夜

夜，又是一个无眠的夜
一株香水百合浪漫如幻
悄悄弥散着醉人的香味
不觉沉睡在她的温情里
梦啊，一切都才刚刚开始

来不及将美梦收入行囊
就已化作嘴边一丝微笑
闭上双眼
任她游荡到不知名的地方
采来谁的花香做她的衣裳
又在等着谁摘取她的芬芳
戛然而止捉摸不到的迷惘
这一刻，终有了一丝期望
像蒲公英种子的光亮飞扬

溢满天空星光扯云朵遮挡
双眼也迷离了，星梦交织着迷藏

莫是，忘了我们的名字叫作悲伤
忘记了泪雨中的低吟浅唱
任散手挥花带茵任心放空
一切都会在吟唱中远去
迷茫，迷茫
独自的飞翔让我恐慌
身无一物也顿觉心凉
前方的雾让我的勇气淡漠
渐远的星空无法触及的梦
为何只留下我任我心厮磨
迷惑，迷惑
醒悟是相对的未来还是那样迷惘
或许，我一直沉睡在她的芬芳里
从未明朗
一如初生的孩子一切都不明真相
造梦者啊，这是否也如你所愿呢
梦啊，一切都该结束了

当我醒来的时候，你的芬芳未散

那是百合花香，是我遗失的美梦

夜，又是一个不眠的夜

2015 年 6 月 27 日

沙

我下决心做个冷漠的人，
我嘲讽地笑起来。
冰冷的心真是好东西，
背上芒刺真是所向无敌。
轻易碾死一只蚂蚁，
还给她们一个恶毒的眼神。

将可笑的糖果扔向垃圾桶，
用力、狠心、不留余地。
哈哈，真是有趣的游戏，
我亲吻毒蛇，下了蛊毒，
将可爱的诅咒抛向了天空。

去除多余的安慰、无谓的帮助，
复杂的情感迷惑了世人的眼。

此时我看得清明　美丽的癞蛤蟆，
哈哈　那是世人的模样。
跳着扭曲的线条，蹦跶着傻气，
去除不平等的怜悯和不公平的爱

看着他们流光最后一滴血，
吐着肮脏的津液相互喂食，
我嘲讽着看着他们的笑剧。
那只是属于嘲笑的眼泪，
真是所向无敌。
我下决心做个冷漠的人。

2014 年 9 月 26 日

灵魂对我说

路灯扑闪多年，
请向我开枪吧，沉睡的路人。
腥臭的气味，下一秒钟，就要漫上全身。
请向我开枪，我怕你会妥协了你的灵魂。
嘴角的烟味，已经快要麻醉了你的双眼。
天就要亮了，黑夜的精灵蜷缩在角落里。
堕落中快乐，此刻又要被封闭在睡梦中。
请向我开枪，我渴望地狱最火热的爱情。
我偏离轨道，宁愿做世上最疯狂的诗人。
请向我开枪，让撒旦带走我轻浮的生命。
我从不怨恨，求来了同情却摧毁了自己。
请向我开枪，让我得到一次真正的纯粹。
请向我开枪吧！
你的虚荣已让我失去了做诗人的资格。
让地狱的烈火把我的魂魄洗涤个干净，

让我轮回到最初拥有纯洁梦想的自己，
让我脱离此刻身心的累赘欲念的虚妄。
路灯已熄灭了。
请向我开枪吧，醒来的路人。

2016 年 2 月 10 日

冀 寻 遗 梦

你是否感知过蜻蜓飞翔时翅膀振动的频率？
一如我那快速而又有节奏的心跳。
亲吻，在点水一刻又瞬间停滞了。

你是否感知过小猫懒洋洋地蜷缩在阳光里的依赖？
一如你怀中像梦一样的温情的柔软。
眯眼，在沉睡的那一刻却又怅然若失。

当你每天赖以生存的爱与幸福消失殆尽时，
未来似乎在你步步逃避中越来越远。
它打着居无定所的旗号把你赶出了，
赶出了你苦心经营的爱的归家。

那可是我苦苦编织的梦啊！
宁可拥抱着这些断壁残垣，

宁可活在零碎的模糊的遗梦里。

心凌乱着,有只巨大的手把我拉回现实,
对我的抵抗完全忽略不计。
它残忍地剥夺了我幻想和编织梦的资格了。

我把遗梦拼凑起来,
曾经的幸福却都化成了利刀刺进心口。
再也找不到了,再也回不去了!
就算是欺骗的权利,
就算只是自欺欺人。

曾以为,我火热的温度足够融化所有的冰冻,
就可以融化你的心?
最后却焚烧着自己的心,
忍住了痛,却忍不了你的冰冷,
我苦心经营的家就在你的冰冷中瞬间坍塌了。

你是否感知过涅槃时鹰啄食的快乐与满足?
一如我追寻编织的梦时无畏的坚定希冀,
希冀,能在我们的遗梦里,死去。

2014 年 7 月 26 日

复 仇 天 使

每一步都踩在了曾经的那个时刻，
阳光还未照进我幽暗的心房，
我睁眼做着噩梦，一场接一场。
在梦中回忆梦境，又在梦中再度睡去。

我的心在一次又一次激荡后迅速碎裂，
最终腐烂成了一条死寂浓稠的黑河，
只有阴魂不散的恶魔每日游荡其中。
踏在禁区的门槛上跳一支放荡的舞，
对正大光明的丑恶世界嗤之以鼻。
是时候该用强硬的利刀让他们知晓：

"受害者应该作为审判者和执行者！"

2017 年 3 月 16 日

巫 女 痴 语

凭借这无邪之容,我受到了人神的尊崇,
内心却已陷入不尽的黑暗与恐惧。
我同世界如路人,如不清醒的哲人,
备受拥挤而冗长的追捕。
谁死于我之手,我又将死在谁的魔爪下?
鬼魅缠身的夜折磨摧残我渐失的意志。
死于梦中,莫不是痴狂呓语中的神谕。

不愿受礼的森林之神啊,你是否已移居别处?
却将这散落的纯净之魂魄予我之身,
使我不得自由,再不能享田园之乐。
我甚至再不敢触碰麦穗与羊羔,不敢吟唱。
隐于塔下的森林之神啊,为何不理会我的乞求?
你拔出了剑转换了天地,又转换了我的命运,
将我的意志暴露在鬼魅的邪恶之眼,身体却无邪安逸

至此。

　　不见日光仅有混沌而疲惫的景象，
　　一切事物都使我臆想得胆战心惊。
　　太过笃定而浮想联翩，心却如无源之水终日惶恐不安。
　　四头黑牛跳跃着笨拙粗鲁的舞蹈，还有千年的沉闷老调。
　　全身用树叶鲜花包裹的信徒们匍匐在地，贡献着鲜活的
生命。
　　那张与我无异的无邪面孔啊无悲无喜，
　　内心却已经陷入不尽的黑暗与恐惧。

2017 年 2 月 16 日

醉酒人尴尬的悲伤
——献给亲爱的泰戈尔

真实的故事充斥着无可奈何的谎言，
而谎言背后却饱含无法谅解的深意。
总之无论如何都是要被折磨致死的，
不过是为了某个渺茫的生机，
求生之本性。

封存了表面的悲伤，
实质的孤独让人沉沦在逃避的路上。
何时才能学会不再轻易爱和怀抱希望，
狂热每一寸的微光？
别人看来引以为傲的一切，
都显得那么无关痛痒。
你忘记了每天反复的逃亡，
只记得衰老不曾离开身旁。

唯有把安全感紧紧握在手上，
心才不会无地可放。
这到底是什么病状，
一个眼神就让你酗酒发狂。
不顾一切发泄让伤痛掩饰悲伤。

可你是如此渺小，
随意被抛弃还不肯遗忘。
向着微光颠簸翘望。
心里崩塌而涌出的诗章，
浸透了痛苦却美若流光。

孤独是醉酒人的胡话，
乱语中的辛酸无人牵挂。
原来我们身处象牙塔，
以为的天崩地塌，
不过是一笑了之的尴尬。

2015 年 8 月 15 日

致 读 者

在哪里看不到被割伤的夕阳，
乐此不疲地跳进黑夜的陷阱。

DOWN

附录

七点的故事

它该叫七点

七点谁在我门前放了一具尸体。
我回去拿着水壶往它身上倒水,
于是便日日给它浇水。
看它渐渐生出了一朵朵异界之花,
同它一起沉默地看着太阳,
溺死在灰白的大棺材里。

我想叫它七点,它该叫七点。

他们叫我爱娅，女人说这个名字是她祈祷我拥有爱与永生时，天使赐予的。她难得有那样认真的神情，像另一个人。

我依然不懂爱，可是却比较长命，男人也经常指着我问我怎么还不去死。

女人有很长很长的头发，比我还要长，金色的像月亮，黑色的双眼又像极了夜晚，可是她那样害怕与她同色的夜晚。她仅剩六根青紫的手指，腿上没一块好肉，皮开肉绽、新旧叠加。男人回来就会辱骂殴打我和女人，用他的皮带和可以拿到的任何东西。

所幸的是，从我记事起，总是有人闯进这个地方，带走了蜡烛、刀具等所有危险的东西。他们也会偷偷把钱和食物塞进口袋里，临走前不忘记恐吓我。他们在门口大声地议论女人，说她是邪恶的巫婆，所有的坏事都应该是她做的。

当他们没有什么可以拿走的了，便拿走了我的襁褓、棉被，说女人用它们诅咒邻居摩森太太不能生孩子，上面镶嵌的红宝石发着光，就像他们永不满足的双眼。从来不言语的女人跪下来拉着他们的裤腿，求着他们，却被吐了口水，被踢得滚了好几圈。女人沉默地泪流满面地抱着我，一遍遍摸着我的头说："不要怪他们，他们只是不懂，只是误会了。"我静静地看着他们残忍地抠下了正在滴血的宝石，狰狞地争抢着，毫无价值的襁褓被他们的双脚来回踢踏、蹂躏着哭号如孩童。女人突然发狂似的挤到人群中去了，可谁都没想到，她疯狂地冲上去抢的，竟然是在他们脚下那已经碎裂的破布。女人不知被踢了多少脚，多少是故意的，多少是有心的。

这场闹剧终于要散场了，一个强壮的中年男人拿着战利品很是愉快，还同别人一起骂女人是巫婆、是贼，骂得底气十足，很是响亮。我静静地看着，女人还在用她残缺的手指一片一片地拾着襁褓的碎片，用她干裂的嘴唇像照顾宝宝一样拍拍又吹吹，搂在怀里笑着。她吃力地呻吟着站起来，向我慢慢走过来。我过去牵她，她却没有理睬我，径直走了。"还好还好，天使一定还会祝福我的爱娅。"我跟在她身后，她嘴里还念叨着，"天使一定还会祝福我的爱娅的……"

女人喜欢摸我的头，可能这样能让她安心。她会趁男人出去喝酒玩乐的时候，让我坐在杂草丛生的院子里用那把只剩下两根牙齿的牛角梳给我梳头，跟我说话。那时候她会笑得合不拢嘴，可她常常只是重复一句：

"爱娅刚出生就会叫妈妈，整天叫个不停，叫个不停。"

我咧开被她扇肿了的嘴冷笑几声。

女人逼我叫她"妈妈"，我不喊她便用手掌重重地扇我，留下三个手指血印，她看到我嘴角的血又吓得把我抓在怀里怎么推都推不开。

每当夜晚划破天空，渗透出血红的黄昏后，她就变得恐慌,甚至颤抖而缄口不语。这时男人烂醉如泥地踹门而入,对我和女人骂着我知道的所有的脏话。他将我一脚一脚地踢回房里,拿起那烂皮带抽打,抓住女人的头发往楼梯上摔了又摔。虽然他不允许女人哭,但她总会哭得全身抽搐。

男人的呼噜声是我的闹钟,我打开灯,把坐在窗台凌乱呆滞的女人牵到垫子边,给她擦脸。等到她眼角最后一滴泪水也干涸得死死的,让她躺下盖好旧衣服,然后把破碎得乱七八糟的杂物柜移开,将藏在墙壁里的书取出来,开始我的世界的生活,真正的生活。只有那时,我的心口才会有些许波动,书上并不悲伤的故事都能让我流出两行眼泪,我甚至看着恐怖的情节不禁笑出声来。有时候我会深情地对着翻转呻吟的妈妈读出来,徘徊在这狭窄的屋子里,同她一起泪流满面。不过流泪的原因不一样,我是因为文字,她是因为疼痛。妈妈有时候会很平静地听我读着,睁着她黑色的眼睛看着我,看着我手上的书。

"今天,天空如此壮美!没有口衔、马刺和缰绳,让我们骑在酒上,奔向仙境般的神圣天空!"我读到这里笑了,好像真的看到了外面的世界。

"仿佛被难以消除的热狂症折磨着的两个天使,在早晨的蓝色水晶里追逐着遥远的海市蜃楼。"很快,眼泪就掉了下来,我放慢了脚步,撑着柱子,好像无法承受这样悲伤的感情。

"懒洋洋地摆动着灵巧的旋风之翼,在同样的谵妄之中……"

"澹,"女人突然开口说话了,"dan 不是 zhan。"

我怔怔地望着她,她依然像平常一样静静地睁着眼睛躺在那里。那一刻,不知道是不是因为书让我的心有了知觉,有种想跟她说话的冲动。

可是我没有吭声,我继续读着书:"我的姐妹,让我们并肩飘荡,一刻也不停息地逃向我梦中的天堂!"

直到美妙的呼噜声停止了,我恋恋不舍地藏起书,躺在垫子上,回味着,感受我的世界最后那凄美的黄昏日暮。

如果男人深夜还没有回来,我就可以看一宿,读一晚上的书了。"他在外面嫖女人去了。"邻居们是这么大声在门口说的。

大多数时候,我会独自在房间里画画。当我还不知道画是什么的时候,就开始画画了。一些莫名其妙的人或事充斥着我的脑袋,以至于我忘记了白天黑夜,忘记了自己的处境,甚至忘记了自己是谁。我停不下来画画,就像男人停不下来用他的烂皮带抽打我一样。他总说我的画让他恶心,也相当配合地在上面呕吐起来。他会用我好不容易捡到的画笔抽打我,戳我的头,笔断了一只又一只。我知道女人通过门缝看着这一切。

没有画笔,我就在脑子里画。我发现脑子是最安全的收容所,收纳了我和同样游离着的魂魄。它们通常在角落里突然出现,带着一些特有的色彩。

每晚在梦魇中挣扎着醒来,也会见到它们。我并不喜欢做那些梦,不是因为太过痛苦,而是梦里完全呈现了我极力隐藏的恐惧。可是它们强迫我进入,想要醒来也越来越困难,也许我会死在梦里,死在我卑微而又可怜的恐惧里。那些光怪陆离的情景相当杂乱模糊,也太过真切深刻,以至于醒来后依然迷茫无措地蜷缩着。

直到那天我梦见了黑色的天堂、黑色的坟墓,女人带着轻松的笑站在坟头召唤我过去,她身后站着不同颜色的灵魂。

那天,她渐渐深凹的双眼彻底灰暗,她逐渐瘦弱的身体干瘪到了极点,门外剧烈的翻滚大叫后,没有了似血昏黄印染的她坐在窗台呆滞的神情,更没有了以后。

或许对于女人的消失我显得过于冷淡,冷淡到男人感到害怕。自那以后就没见到他那已经烂成一段一段的黄芯和血的皮带。

之后,邻居都搬走了,这个地方被孩子们称作被诅咒的鬼屋,实际上,也确实如此。

它们来得很快,就在这个地方彻底安静下来的当天晚上,我就见到了它们飘散的样子,像影子。

后来我还听见了它们如同呓语的声音,断断续续的,直到我沉入梦里。在梦中它们走向我,可是我不害怕它们,没什么值得我害怕。

内心已经为我做了决定,我当然没有理由挣扎。

一个小巧可爱的女孩,她的两个小辫子总是欢乐地蹦蹦跳跳的,两颗虎牙,喜欢笑。

妈妈叫她去买盐,她一路小跑着,带着一条脏兮兮小黄狗。黑兮兮的小路,路人摇摇欲坠,却像爸爸吐的痰,被黑夜死死地黏住了。

当她回到家,妈妈已经戴上了血红的手套,笑着亲吻她红扑扑的脸颊,小女孩高兴地在黏稠的地板上蹦跶,印上了杂乱的小脚丫。

沾上了墨水,小女孩画了一个家:爸爸和妈妈,在地板上翻滚着玩耍;狗狗亲吻着爸爸的脖子,不愿意松开;火红的天空,下了一场红雪。

叮叮当,妈妈在厨房拿着刀具,回头对她笑。

呜呜呜,爸爸被雪淹没了。

轰轰隆,妈妈一边哼着歌谣,一边剁着肉酱。

呜呜呜,妈妈也被淹没了。

"来来来,"妈妈呼唤着小女孩,"乖乖要洗澡啦。"

爸爸和狗狗都已经泡在浴缸里了,红色的雪还在下。残缺的四肢飘来飘去,那是云朵呀。小女孩向妈妈撒娇,要给她做一对翅膀,这样就不会被雪淹没啦。

妈妈温柔地摸摸她的小脑袋,多么幸福啊。拿起一个小勺子,挖出了她的双眼。

我醒来后眼前还是血红血红的,眼睛像被千万根针扎过一样。

我扶着墙到洗水池洗眼睛,发现天竟然已经全亮了。洗水池里有血迹,看上去像是新鲜的,我看看身上有没有流血的伤口,突然身后刮起了一阵凉风。

是它们来了,蹭着我的后背,像在撒娇。我想看看它们,也许,我本该属于它们的世界。

她该回到我身边

被挖掉双眼的小女孩,
在七点的心脏上跳起了重生之舞。
我的脑袋被生生切成了两半,
从此陷入了无边的梦的迷宫,

也陷进了镶着红宝石的襁褓里，
靠吮吸鬼魅的乳汁过活。

我被分解在这时光回返的轨道中，
只剩了半个身子在人间等待腐烂。
还残存着一丝等待的念想
飘荡在渐渐稀薄的空气中，
无望地游离。

她回到了我的身边，她本就该回来的，像七点一样。

我准备出门买盆花，在等待它的生长中等待我的枯萎，在绚烂绽放的惊喜中迎接我人生中唯一的惊喜——死亡。

打开门，七点的钟声刚好轰然响起了，在这凝重而又惊喜的像棺材入土的声音里，我仿佛听到了缥缈的天机妙语。

我感受到了，什么事情将要在七点时发生。

于是我见到了它，焦黑的正经历腐烂洗礼的尸体，全身如同一块焦炭，颈部、手腕、腰部、脚踝都被切断了，没有手脚，真是可怜透了。

我回屋拿了水壶给它浇浇水，浇在它的胸口上，不知道这样她会不会好受些。水珠在它身体上迅速蒸发，发出细微的吱吱声，似乎在回应我。我扯了扯僵硬了的嘴角，突然发现，本应散发掉的那团近乎透明的气体竟赖着不走，还顽强地结合在了一起，渐渐有了一个人形的轮廓。是谁要来了？是她吗？接着更加清晰了，两个小辫子，粉粉的脸蛋……

"姐姐，姐姐。"她对我倒是一见如故，毫不生晦，一蹦一跳地围着我转，两颗小虎牙露了出来，大大的眼眶里黑漆漆的，竟像极了女人瞳孔的颜色。

我想伸手摸摸她的小脑袋，突然感觉到了其中沉重的悲伤，转而牵住她的小手，冰凉凉的。

"走，跟姐姐回家了。"

"好，回家咯！"

于是这个地方又有了三个人，小女孩在墙壁上继续她未完成的画，而我则画下了她，画下了七点。她指着红色的墙快乐地对我说："这是妈妈，这是爸爸，这是小狗。"我点点头，夸奖她画得真好看。

小女孩很爱跳来跳去，两个小辫子一直都在雀跃。

只有在陪我给七点浇水的时候才会变得安静。她总会蹲在七点旁边许久，一动不动。

有一天，她在我睡前突然兴奋地对我说："姐姐，姐姐，有新的人要来了。"我仿佛在她空洞的眼眶里看到了一个人，像那个女人。

然而并不是她，还好不是她。

在很久很久以前，有一位公主，她叫作琉璃。

她的出生是一个传奇，全身是冷的，没有心跳。人们都以为她死了，可她却睁开了眼睛，哭了出来，流出的眼泪是透明的泪水结成的晶体，像琉璃一样反射出五彩缤纷的颜色。

原来，她的心是琉璃做的，她的心跟她的眼泪一样美若流光。她爱跳舞，她跳的舞是我见过最美的。

十八年过去，美丽纯洁的公主长大了。她的心灵却如刚出生一样纯净，从未改变。

黑色的城堡里，她穿着白裙子跳舞，她的肌肤如白雪。她多么向往外面的世界，可是他们不让她出去看看。他们总是说，你的心是琉璃做的，你的眼泪是最珍贵的宝物，外面的人贪婪无比，他们残忍而且容易伤人。

城堡里，她很孤独，孤独地流泪，一滴、一滴，又一滴，直到它们装满了一个房间又一个房间。她越来越忧郁，只能每天不停地跳舞，踏着晨光，踏着烈阳，踏着七色彩云。每一个轻盈的舞步里，都是她的纯粹的灵魂在舞蹈。

她的孤单和忧伤，感染了整个城堡的人，他们每每看到她跳舞，都忍不住流出了眼泪，一滴、一滴，又一滴，

直到整个城堡里的人都在哭泣，

善良的仆人日日陪伴她，十八年过去了，她已是中年。她多希望小公主能得到她奢望的自由啊，她那么美好，她就是降生人间的女神。

有一天，公主哭着请求仆人让她出去看看，她的眼泪多么晶莹，她的话语多么恳切。仆人被她打动了，在一个寂静的夜里将她偷偷放了出去。

她穿着黑色斗篷遮住了自己，她终于看到了外面的风景，她感到无比快乐。

她甚至感觉到了心跳，那有力的心跳在阳光的照射下，她笑了。那是她梦里的阳光，热烈如同爱情。她的身体开始燃烧，她还是开心地瞪大眼睛看着太阳；她的眼睛开始焦灼失去光明，她还是开心地笑着，甚至开心地跳起舞来。

她穿着黑色的斗篷，她的身体火红。

她跳着，每一步都是那么快乐。她的笑声沙哑了，她美丽的脸庞焦灼了，她的舞步啊，却没有停止。

她跳到了小溪边，跳到了山丘上，跳到了田地里，她好快乐。快乐得忘记了自己在燃烧，也顾不上制止疼痛。她感受到了，是的，她感受到了那有力的心跳，十八年的时光都没有今天这么快乐。

整个王国的人都惊讶地看着她的舞蹈，他们怎么认得出来这个全身着火的黑漆漆的人会是城堡里那个肌肤如雪的美丽的公主呢。

她开始快乐地流泪了,她的泪水如同一个个火球,点燃了村庄,点燃了树林,点燃了她跳过的每一个地方。

那快乐的泪水啊,她怎么敢再流!

她看着那些惊慌失措的人。他们家破人亡,他们憎恨她,她走过的每一个地方,那里的人都说她是会带来灾难的女巫,他们拿鞭子抽她,用刀戳她,没有人愿意接近她。

她躲在山洞里,孤单的她除了全身的剧痛,一无所有。如同一把把刀子,每一秒都是千刀万剐的痛楚。她好冷好冷,紧紧抱住自己,却不敢哭泣,因为再痛她也不愿意让自己的泪再伤害别人。

可是王国的人还是不肯放过她,将她赶到了森林深处的沼泽地里,和蟾蜍、毒蛇为伴,与孤魂野鬼同居。

一天又一天,一年又一年。她的心早已冰冷,她的心早已死去。

她孤独无比,丑陋不堪,像个怪物。她不擅长跳舞,也不会流泪。世人早就忘记了她,而她,却依然悲惨地活着。

她开始怨恨,她恨这个世界,他们囚禁她,又驱赶她。

她的怨恨越来越深，就如同她的孤独，越来越深。她的双眼再也看不清，她的心也被怨恨蒙蔽。

终于她同意用自己天生的琉璃心，和魔鬼做了交换，她发誓要毁灭这个王国里的所有人。

她看着整个王国都在燃烧，那些残忍的人一个个烈火焚身哭天喊地。她开始笑，却干瘪得没有眼泪。

她看到了那个城堡，它不再是黑色，而是透明的琉璃做成的，在大火中依然晶莹美丽。

原来他们都很思念她，用她的泪重新建造了城堡。

她还看到了，那个放走她的仆人，早已白发苍苍，孤单地坐在她曾经跳舞的地方，静静地看着外面的大火。其实她一直在自责，她的哀伤，不比她的少！

她凭什么毁了这一切！她奔向城堡，黑色的斗篷被风吹走了，她丑陋焦灼的脸暴露出来，她却不管不顾，向城堡奔去，她的眼泪喷涌而出。

她忠实的仆人一眼就认出了她的小公主，望着她笑，一如当年。

可是当她跑到城堡的那一刻，大火迅速吞噬她的身体、她的笑容。

早已是一片灰烬了！

她的琉璃心，终于碎了，她放声大哭，沙哑发出的哭泣声,就像个怪物。是啊,她不再是琉璃公主了,她的心碎了。

恶魔气愤不已,他要把她的灵魂,囚禁在最深层的地狱里。可是她的灵魂根本不会受到地狱之火的灼烧,因为她真的是降世的女神。当她的灵魂剥离,她笑了。她用自己的灵魂灰飞烟灭的代价,换来了整个王国的人的灵魂重生。

她从未如此开心过,即便是逃离出城堡的时候。她觉得很轻松自由,她笑着看着这欢笑的人世最后一眼,她的笑那么美,又那么淡然。

一阵风吹来,吹过了小溪,吹过了山坡,吹过了农田,那是琉璃公主对人世最后的抚摸。

她爱他们,爱这人世的一切,而她,也可以永远和这人世融合在一起了,永远。

当我醒来时,全身疼痛无比,有烈火焚身的感觉,眼角的泪还未干。小女孩就在我床边用她空洞的眼眶望着我,她笑着指指钟,快到七点了。

我点点头,牵着她打开门,七点依然安静地躺在门口,不知它昨晚睡得好不好。我拿起旁边的水壶时,钟刚好凝重沉闷地敲响了,弥散的烟雾里一个披着黑斗篷的黑炭般的女孩蜷缩在七点的胸口上。她们是如此相似,我觉得她们之间一定有更为亲密的联系，甚至也许她就是七点，或者说，七点就是她。

她紧紧抱住自己哭泣，嗓音沙哑，一滴滴的琉璃石落在了地上，发出清脆的声响。小女孩一蹦一跳地去捡了起来拿给我看。

"姐姐，姐姐，你看她的眼泪好漂亮。"

"乖，不要闹，我们要好好照顾琉璃公主。"

"嗯，我们要好好照顾琉璃公主！"

也该是孤独的世界

琉璃公主的眼泪挥散在她胸前，
世人的残忍、虚伪与赤裸，
又不可回避地显露出来。
她的爱在不散的黑夜中真实明晰，
焦黑的肉体也无法遮蔽。

选择了离开，就该放下所有的执念，
现实都如梦，化作了残片碎影。
真实的时光诞生在一切燃尽之后，
从死亡之雾中来到了我们的世界。

这是七点的世界,也该是孤独的世界。

　　我们把镜子都放在柜子里时,发现了几本书和一台老旧的收音机。于是我又开始了朗读,每每动人之处她们便陪着我一起哭、一起笑。那时我觉得屋子里所有的东西都在望着我,周围满是殷切的闪闪发亮的眼睛。

　　琉璃公主听到收音机的音乐便会跳起舞,我便画她跳舞的样子,当然,是她最美的样子。

　　这是开心的感觉吗? 我突然停下笔,怔住了。我发现自己的嘴角竟然上扬着,就像书里说的一样,我在笑。

　　我为什么会觉得开心呢? 难道是因为没有了男人和女人,一想到这,我很快又回到了原来的表情。

　　不是执念,更不是想念,只是悼念。

　　"姐姐,这幅画里的两个人是谁啊?"小女孩拉着我的裙角问道。

　　"那是我梦里的人。"我正好画完了,天色暗了,琉璃公主还在舞蹈,随着收音机的古典钢琴的曲调。

　　"太好了,又有故事听了。"小女孩拉着我走到床边,撑着脑袋,依然是面无表情。

　　在一个神秘的国度,那里流传着一个故事,一个关

七点　160

于王子罗兰的故事。

传说，罗兰王子在国家面临危急存亡的时刻，亲自带着骑士战斗。他一个人带着几十个骑士，虽赶走了侵略者，但无一生还。

他年轻的妻子罗兰王妃知道这个噩耗后，却坚信王子一定还活着，并说王子托梦给她，要她去找他。

她日日这般自言自语，国人都觉得她是悲伤过度了。直到有一天，年轻的王妃消失了，之后就再也没有人看到过她。

这个故事一代一代地传下来，大人都这样跟男孩子说：

"等你长大了，一定要像罗兰王子一样伟大。"

大人都这样跟女孩子说：

"等你长大了，一定要像罗兰王妃一样忠贞。"

直到约翰这一代，侵略者再次来犯，打破了这个国度的平静。约翰一直梦想成为最厉害的骑士，可是他家境贫寒，地位低下。即便他再努力，也没有参加骑士的资格。

但是，这次侵略者非常凶猛，国王为了招纳贤士，说:"只要可以杀死迷梦森林里的怪物,就是最勇敢的骑士,去领军打败侵略者。"

约翰听到这个消息,非常兴奋,迫不及待地收拾行囊,去往迷梦森林。

迷梦森林,是这个国度最神秘的地方。

传说中在那里,能看到你最想要的,让你无法自拔,深陷其中。

传说那里有个怪物在施法,让进去的人都出不来。

贵族子弟都望而却步,只有约翰与几个和他一样贫寒人家的孩子,选择冒险。

迷梦森林的入口写着:

"认识你自己,这是你的世界。"

约翰看了一眼,说:"不过装神弄鬼罢了。"毫不在意地就闯了进去。

不知走了多久,他依旧没有走出森林。这里没有白天和黑夜,只有不会退去的阴霾。

约翰烦躁地踢了旁边的树。没想到树洞里跳出来一个小矮人,他愤懑不平地瞪着他,气得脸红胡子飞:

"你打扰到我睡觉了,鲁莽的年轻人!"

约翰觉得很有趣,还扯了一下他的胡子。

这下小矮人可气坏了,可是……当他看到约翰的脸,却张大嘴巴惊住了,半天没冒出一句话。

"小伙子,你叫什么?"许久,他才问道。

"哈哈哈哈。"约翰笑了,"您可真有趣。"

小矮人看着他轻狂的样子,摇了摇头。叹了一口气。

"不是……不是他。"说完转身就回到树洞里了。

约翰奇怪地挑挑眉,对树洞大声说:"嘿,老头。你知道怪物在哪吗?"

小矮人气愤不已,大声说:"这里哪有什么怪物,你们这些年轻人还是趁早离开吧,这里不欢迎你们!"说完,还啐了一口。

约翰自负地想着,凭他的能力,一定能找到怪物,成为最厉害的骑士。

他丝毫不理睬矮人的劝阻,又往森林深处走去,把矮人长长的叹息抛在身后。

一路上,约翰又饥又渴,却总有食物掉在他面前。

他觉得有什么在引导他，而他，依然无所畏惧地走着。

　　终于，在神秘力量的指引下，他走出了森林，他看到了一个精致的木屋、一大片的花海，还有一条瀑布，这里很晴朗，和迷梦森林完全不一样。

　　而这里的小鸟、小松鼠看到他都围上来，好像他是一个远道而来的客人。

　　不，比这更甚。因为他看到了一个长长的桌子，上面摆满了食物，像是早就准备好迎接他的到来似的。他从未见过那么多那么多的食物，不禁咽了咽口水。

　　小动物们拉着他坐在一边的椅子上，他突然想，这些可能都是幻觉。

　　也许这些食物都是毒药，这些小动物都是毒蛇毒虫。

　　于是拔出佩剑，大喊道："怪物你别想骗我，今天我就要取走你的命！"

　　可是即便他拿着剑，那些小动物也不愿意离开他，而是紧紧依偎他。

　　而他却以为是那些毒蛇毒虫想要咬他，挥舞着剑的手不再留情,一剑下去,几个小动物丧了命,鲜红的血溅在了食物上,溅在了雪白雪白的餐桌上。

小动物们惊慌失措,却还是盘旋不愿意离去。约翰准备再砍一剑。

"快住手!"一个女人惊呼道。她提着裙子快步走来,她真的是美艳无双,即便是脸色煞白的样子。

约翰看呆了,她真的比王后还要美丽。

她抱着受伤的小动物,心疼地流出了眼泪,她的哭泣声让约翰心里也不好受了。但他的愧疚和自责只有短短几秒钟,他又清醒而机智地觉得这不过是怪物的把戏。这个美丽的女人一定就是怪物伪装的,他拿着手中的剑指着这个女人,说:

"不要伪装了,你的诡计我早就识破了。"

女人痛苦而悲伤地抬起头,她的眼泪大颗大颗地往下落,他看着面前这个熟悉而陌生的男人。

看着他,金黄的头发,长长的睫毛,高挺的鼻梁,薄薄的嘴唇。

那个让她等了几百年的男人。

"罗兰……"她明明知道，还是忍不住说出了口，"你是罗兰对吗?"罗兰王妃无视那把还架在她脖子上的剑，小心翼翼地问道。

她好像在害怕听到回答，好像，又怀着极度的期盼。

约翰撇了撇嘴:"别再做这些无意义的把戏了。"

罗兰王妃惨然一笑，她用颤抖的手，轻轻地抚摸他的脸颊:"罗兰，我好想你，我等了你几百年，你终于来了。"

她的身体在颤抖，好像在喃喃自语。

约翰有了一丝触动，但他更觉得这个怪物着实会演戏。

他用力推开了她，罗兰王妃跌倒在地，旁边的小动物舔着她的伤口，在她温柔的脸庞上抚摸，似在安慰她。

约翰指着她:"今天我就要你死!"

他的语气，冷漠残忍，像刀子一样捅进她的心里。

她抹了抹眼泪，保持冷静地说:"今天你要杀我，现在太阳还没有落山呢，陪我到太阳落山，好吗?"

约翰答应了，也许是因为他自负地认为自己不会有危险吧。

七点
166

小木屋里很整洁,香气怡人,摆设都很有品位。

罗兰王妃在为小动物清理伤口,说着一些话,好像是在告别和托付。

她的脸上,带着浓浓的隐藏不住的笑意,时不时回头看着约翰熟悉的脸,心里很满足。

约翰看着墙上的一幅画,发起了呆,看得出来那是地位很尊贵的两个人。

那个女人优雅地坐着,而另一个人竟然跟他一模一样。

只是他很庄重、严肃,不禁让人敬畏。

下面写的是,罗兰王子和她的王妃。

约翰心里有微微的悸动,他看到那幅画下面有一个很大很大的箱子,里面装满了信封,每个信封上面都有一句——致亲爱的罗兰。

约翰看向那个女人,目光复杂。她欢乐地哼着一首曲子,那是一首很古老的曲子:

"亲爱的,当你清晨起床时,记得给我一个吻。亲爱的,当你中午用餐之前,记得给我一个吻。亲爱的,当你晚上睡觉之前,记得给我一个吻。亲爱的,我会为你唱着一首歌，一直到我们都白发苍苍。亲爱的，请记得，给我一个吻。"

她的歌声那么悠扬，引得小鸟也跟着唱了起来：

"亲爱的，我会为你唱一首歌，一直到我们白发苍苍。你是否，会记得，给我一个吻。"

罗兰王妃带着约翰走到了一个瀑布前："罗兰，你还记得吗？你第一次带我去的地方，是一个美丽的瀑布，你说你会爱我，一直到瀑布枯竭。"她羞涩地低着头。

而约翰却毫无感觉，他看着这个平淡无奇的瀑布，看着太阳快要沉入其中。

"罗兰，你知道吗？我每天都在想象你回来以后的场景，你说当你不再是王子了，我们就找一个世外仙境，永远在一起。你消失了以后，我就猜你一定在那个地方等我呢，我找到了，罗兰，我找到了。"

约翰不知道她在说什么，她到底是找到了仙境还是找到了他，也许这都是她的诡计。

他想着，他要做最好的骑士，在太阳落山以后，把这个满是谎言和诡计的女人的头颅献给国王。

"罗兰,你抱我一次好吗……"罗兰王妃羞涩地低着头小声说道。

约翰轻蔑地哼了一下:"别以为我不知道你葫芦里卖的什么药。"

罗兰王妃许久没有回答,她面色苍白,很苍白。

她看着身边这个男人不舍得移开眼睛:"罗兰,如果可以死在你的剑下,我也不会有遗憾了。"

快乐的时光总是那么短暂啊,天黑了。

太阳溺死在了瀑布的温柔里,再也不会升起。他把剑插在了罗兰王妃心脏里,直到那一刻,她还在看着约翰笑。

她的头发迅速变白了,满脸是皱纹,她丑得就像是一个老巫婆。

约翰更加不会心软了,他现在骄傲无比,自诩聪明的他认为自己识破了老巫婆的诡计,除了他没有人可以做最厉害的骑士。

他大笑起来,终于可以出人头地了。他带着罗兰王妃的尸体准备离开迷梦森林。可是,整个森林都是哭泣的声音,可怕而又悲伤。动物们都来啄他、咬他,他一剑一剑,毫不留情,整个森林都弥漫着血腥的味道。

他又饥又渴，然而不再有食物，也不再有人引路。

朦胧中，他隐约看到了那个白胡子小矮人的身影，听到他在叹息："这一天还是到来了。"

几百年以后，在神秘的王国里，流传着一个故事：迷梦森林一夜之间消失了，只留下一个失忆的男人。

他说他只记得自己的名字，叫作罗兰。

故事讲了一整夜，小女孩已经熟睡，而我的眼睛竟然湿润了，从什么时候起我开始有了感觉？心痛和难过的感觉已经太遥远、太陌生，七点像是在吸取我的血液一样，让我变得越来越脆弱。

我开始恐慌，不光是为我自己，也为他们。

再没有故事

七点的钟声还没响起，
命令我喊他爸爸的男人却来了，
他拼命拿马桶塞吸我的嘴巴，
牙齿、牙龈、腮帮接连掉了出来，
我接住了它们，想着要不要安回去。

突然觉得呼吸有点麻烦，
原来我的肺也被吸了去。

"你果然是没有心的！"
他的眼睛因为睁得太大眼珠掉了出来。
我接住了它们，准备拿去喂养七点，
可是外面世界的味道一定很难吃。

他们把我关在这里，又把我关在那里。
所谓的拯救夺走了我唯一的未来。
嘶吼疯狂自残都已经不新鲜了，
我知道七点在等我，等到死。

再次失去自由时我已经被判了死刑。
我再也没有睡着，再也没有了故事。
我只有一堆没有署名的回忆。
不巧，我的记忆力极差。

女人会死，所以我也会死。
所以她们也会死。

参加女人的葬礼，我被放了出来。

附　录

日光洒下来的那一刻,我的眼泪就没再停。

一个自称朋友的女生挡住了我的路,
她挖开坟墓用新鲜带血的白骨做了牙齿,
她把蚂蟥做成了牙龈,而且还在蠕动,
她把它们塞进我的嘴里,用抹布缝好。

我不想笑,我应该笑,她看着我跑走了。

即使老去也不会被原谅,
肮脏的过去真实地磨过我的皮肤,
直到腐烂狰狞的伤疤和骨头黏合在一起,
如同灵魂和生命永不分离。

七点不见了,她们都会不见。
画里的人没有脸,没有姓名。
回忆被抢夺地只剩下毫无用处的痛感。
我只想最后一次在这里永远沉睡。

门口沉闷的棺材却响动了,
墙上的钟停留在七点。
我举起门旁已经干瘪枯竭的水壶,

七点

为她浇灌,却流不出一滴水。

棺材里躺着的女人全身如同一块焦炭,
没有头颅,也没有手脚。
我的眼泪滴在了她的胸口上,
没有激起任何的声响。

我该死掉了

一个美丽苍白的女人坐在我的床边看书,月光在她的眼
睛里熠熠生辉。

我焦急地等待,时钟终于转动到七点。

"妈妈,妈妈,妈妈。"我反复喊着。

"小公主乖,妈妈今天给你讲一个故事好不好?"

我笑着扯着她的裙角,她摸着我的头。

那是一个巨型动物占据食物链的高端,统治泛滥成
灾的人类的国家。

金碧辉煌的宫殿里,镶嵌着杂乱无章、毫无美感却
极端奢华硕大的宝石,鸡国王坐在纯金打造的座椅上,
血红的王冠锃亮发光,象征着独一无二的权力与荣耀。

一个极长的桌子上摆满了各式各样的菜肴,颜色杂

乱,各种香气弥散。但这些食物有个共同点——都是以人作为食材做的。宴席上就座的分别是猴子首相、羊祭司、驴子法官、鹅亲王、鼠公爵和鸭伯爵。

鸡国王开始发话了,他微闭着他那双圆眼睛,愁容满面地说:"我深知你们吃人吃厌了,吃烦了,可是我们作为动物王国的最高统治集团就必须以身作则,餐餐吃人。"国王话音刚落,下面立刻躁动了,怨声四起,只有猴子首相依然端坐着,他心里还惦记着他昨天搜刮的一仓库的香蕉呢。国王让大家安静下来,接着说:"所以呢,我为了让你们吃得舒服些,搜集了全国各地最美味的人的吃法。"

可是国王热血激昂的一番话并没有引起大家的兴趣——说来说去不还是要吃人嘛。

其中鼠公爵最为抗拒,甚至做呕吐状,要知道他一步步升到公爵的爵位就是靠吃人。当初他带着一大家族的人整天吃人,创下了年度吃人最好成绩,获得日吃人数量第一、月吃人数量第一、年吃人数量第一、吃人速度大赛第一、吃人花样比赛第一、吃人奥斯陆金奖等奖项数不胜数。他日日吃人,现在听到人这个字都要吐了。

宰相猴子表面上很淡然,其实心里欣喜若狂。他喜欢研究吃人的新招式,要知道他写的《吃人三十六式》

可是家家必备的，被拍成了多部电影，一年一年地翻拍。在这日新月异的世界里，动物们都期待着更多的吃人方法，他正想着再写一本续本《吃人七十二式》呢，今天就是个绝好的机会。

"好了好了，第一道菜，也就是我面前这道菜叫作'风干人肉'，这真是个极为精细的活，厨师必须要以最快的速度剖开人腹，去除内脏、放入精心准备的调味料，再迅速缝上。此时这个人必须还是活的，能叫唤的，之后挂在通风处，风干后味道就会渗入皮肤，极其美味。"鸡国王打开盖子，一股浓郁的香辛料的味道混合着人肉风干后的酸味很是呛鼻，可当侍女们把肉分到每个人的碗里大家品尝时都纷纷称赞不已。

国王见此情景很是欣慰，开始介绍第二盘菜。

"你们坐的这个桌子是专门为了这盘菜定做的，右边都有个洞，知道是放什么的吗？"所有人都不敢去掀开盖子看，只有猴子首相想都没想就迫不及待打开了。竟然是一个小孩子的头，不对，猴子首相掀开长长的桌布一看，果然有一具烂泥般的身体。

国王冷冷地看着他这一行为，转而一笑："首相别急，这盘菜需要现场制作。"说完厨师就走到每个人的身边，拿起小榔头敲这些被麻醉的孩子的头。很快他们都疼醒了。他们哭着喊着，人就是这样喧闹，大家都已经习以为常了。等到头盖骨敲碎了，厨师放入了鲜美的乳白色的汤汁和着脑浆，搅拌均匀就可以吃了。

猴子首相吃的那个孩子还没死透，挖人脑的时候那孩子还在惨叫，所有人都哈哈大笑起来，一片安详欢快的景象。"这人脑尚且还在活动，最为鲜美松软，这盘叫作'油泼人脑'，大家还满意吗？"

"满意满意。"大家都纷纷说着，除了鼠公爵依然一副不情不愿的样子，要知道人脑他生吃过无数次了，一开始觉得新鲜得很，后来只觉得味道太腥了。

国王将这一切都看在了眼里，他说："自己的口味还是只有自己清楚啊。这第三盘菜叫'浇人肉'，你们可以自己选择吃哪个部位。"

侍卫带上了一个人，大家一看就知道，他就是人类的那个不自量力的狗皇帝。大家都在挖苦讽刺着，驴子法官睁大了眼睛，坚定而憎恶地陈列了皇帝的罪过，最后他老泪纵横地说："这真是个惩恶扬善的正义的新世界啊！伟大的国王，我请求吃他的心脏！"

猴子首相并没有被驴子法官一番动人深情的话触动，而是在仔细思考哪个地方的肉是最好的，于是他要了皇帝的腿肉。羊祭司要了胸脯肉，鹅亲王要肚子上的肉，老鼠公爵就要了手的肉——因为那似乎最少，而鸭子伯爵则要了脚的肉，脑袋和颈部留给了国王，他似乎很是满意。

　　厨师先拿热汤烫了烫大腿，这狗皇帝闷哼一声，立刻汗如雨下。当厨师一块一块挖他的肉的时候，他的身体颤抖不已，面目的狰狞程度连鼠公爵都不曾见过，更令人惊讶的是，他却始终没叫喊过一声。

　　厨师足足挖了两个小时才把肉送到每个人的银盘里，医生在旁边维持他的生命，最后挖出心脏给驴子法官的时候，他的身体俨然已经成了一具白骨。这驴子法官一边吃着半生的心脏一边大哭大叫着："旧世界消亡了，动物的新世界崛起了！"那震耳欲聋的声音像被吃的人是他似的。

　　国王却对他投去了赞赏的目光，并将自己盘子里皇帝的脑袋赏赐给了驴子法官。

　　鹅亲王沉入悲伤无法自拔，它要了肚子肉，没想到竟然没有内脏，要知道他最喜欢吃人肠子。

　　国王拍拍他的肩膀说："鹅老弟，我知道你喜欢吃人肠，这第四盘菜是我专门为你准备的。这吃法原本已失传了，是厨师们根据历史遗留的记载进行了无数次试验才研究出来的。"鹅亲王立刻受到了其他贵族嫉妒的眼神，特别是跟国王有血缘关系却被一贬再贬的鸭伯爵，眼睛都红了却只能低头不作声。侍从们打开了左边金盘的盖子，这人肠的色泽真是绝世无双，就连鼠公爵都有点心动了，鹅亲王已经垂涎欲滴，眼巴巴望着国王。国王笑了笑朝他点点头，示意他可以吃了。鹅亲王往嘴里塞了一口，频频点头："好吃好吃，真好吃！"一条条金灿灿的肠子塞得满嘴都是，也不知道他这一口吃了多少人的。

"愚蠢的人类建了那么多工厂，严重的污染残害了他们的后代，这第五盘菜'三妈妈'吃的就是这是这些畸形的远远小于正常身形的婴儿。之前我们都沿袭了传统把他们当垃圾丢掉了，造成了极大的浪费，以后我们要废物利用，鼓励子民食用。其实这个吃法也非常简单，只有真正热爱吃人事业的动物才能体会其中的乐趣啊。"听到这，鼠公爵立即挺直了身板，绅士般地理了理自己胸前的餐巾。国王满意地朝他点点头："那么，就请鼠公爵先来尝尝吧。"

一个大盘子端到鼠公爵面前，一打开，他立马就瞪大了双眼——一个个小小的畸形的人在盘子里拥挤蠕动，看得鼠公爵兴奋极了，食欲大开。国王讲解道："用筷子夹住畸形小人，畸形小人就会叫一声'妈妈'，夹到调料里时又会叫一声'妈妈'，当你放入嘴里时，它会发出最后一声'妈妈'。所以叫作'三妈妈'。"

鼠公爵迫不及待地品尝了，这畸形小人挣扎的样子非常有趣，还有它们尖叫的'妈妈'在嘴里渐渐消逝的声音真是动听极了，完全挑动了鼠公爵吃人的新动力和激情。

"鼠公爵不愧是我们动物王国的吃人模范，全国子民都要向他学习！"

席上掌声一片，可是包括国王自己都没有动筷子，他们心里都有数，这样的垃圾畸形人是该给谁吃的。

"这最后一盘菜叫作'烤人脚'，是我为鸭伯爵践行而准备的，我记得你一直对人脚情有独钟。"鸭伯爵不可思议却又认命般地看着国王。"听说你一直想要回家，想来你也一把年纪了，现在国泰民安，你也该回去享清福了。"国王的笑容里究竟藏了多少阴谋诡计，鸭伯爵一直都不明白。当初若不是他一个家族的覆灭哪来今日翻身统治人类，这忘恩负义的东西。

一个关在笼子里被紧紧锁住的裸体女人被带了上来，她全身肮脏极了，身体还流着血，沾着各种动物的毛发。她安静地垂着头，想多遮挡自己暴露的身体。"这锁在笼子里的女人是皇后，她可不一般，是个裹足的女人，这脚被称作'三寸金莲'。"鸭伯爵睁大了眼睛，竟然能吃到如此极品的脚，所有的烦恼好像都一扫而空了。

厨师在笼下放上烤盘，在女人扭曲的小脚上洒料酒辣椒，开大火开始烤。女人凄厉地惨叫着，国王嫌烦让人剪了她的舌头。女人的呜呜声竟然变得惊悚可怕。

大家仿佛心里某个地方受到了冲击，打了冷战，气氛突然凝固了起来。没有动物敢去看女人挣扎痛苦的样子，直到熟肉的香味弥散，女人被砍去了双脚，献到了鸭伯爵面前。似乎谁也不愿意看那双女人的脚，仿佛它会突然走动起来踢打他们一样。

国王也面带僵硬的笑容宣布宴会结束，每个动物都心怀鬼胎匆匆离去了，整个金碧辉煌的宫殿里只留下了被驱逐的鸭伯爵和那个还在呜呜叫的女人。

七点被火葬了，我的门前是男人的尸体，
"杀人偿命，必须枪毙。"他们这么说。
他们救赎的方式总是这样极端。
七点，我锁上门蜷缩在早已不合适的小床上。

我终于有了嗅觉，却感觉十分腥臭，
将仅有的胃都吐了出来。
我终于看到了世界，却肮脏无比，
连放脚的地方都找不着。

于是我死掉了，我该死掉，在七点死掉。